遊樂場所

林文心

好評推薦

此書關於潔與不潔。滿腹心事的女子、被消音的女子、過度清潔與過分自責的她們，從小被教導清潔自己，但成長過程卻反覆被幽微的暴力弄髒，不僅來自於父權的口沫和拳頭，成年女性也不自覺加以規訓，職場的苛薄語及垃圾話，讓無法滌淨的女身，被話語洗得更加不潔，成為污穢標籤，血腥毛邊。修辭變幻，象徵膨脹，女性衛教的曖昧與侷限，身體情感史的斑駁與暗面。家族傳承的衛教不是教導妳如何清潔，而是要警告妳不要弄髒世界。

於是，眾女身撤退到浴間、廁間和洗衣間，淌出淚水汗水體液經血，透過自我校正般地徹底清潔，沒有歡愉，唯有戰慄。究竟，這是誰的遊樂場所？

——李欣倫（作家）

確實是「奇葩」且難評的作品，挑戰讀者的潔癖。作者在人物與行動細節處理上鮮明生動，有血有肉，聚焦於一人一事，因集中描寫而得到強力效果，屎尿不是重點，而是情欲失控者的「退嬰化」表現，「肛門期」與「性蕾期」混亂的窘境，彼時，性器即排泄器，排泄與快感不分。由這篇作品，也可看出女性與情色書寫的困境，邊緣女性想殺出死路時，竟然開出一條「屎路」，令人感到淒寒。

——第十六屆林榮三文學獎短篇小說獎評審周芬伶

（東海大學中文系特聘教授）

我同意這篇的主題一點也不宏偉，但即便是小題材，作者完全沒有偏離主題，達到集中托高的效果。排泄被寫得有點色情又有點好笑，很少能讀到將排泄與女性成長過程的情欲啟蒙、禁忌、摸索結合在一起的作品，有其特殊性。而且，作者把廁所比喻為遊樂場所，也非常有創意。

——第十六屆林榮三文學獎短篇小說獎評審范銘如

（政治大學台灣文學研究所特聘教授）

讀《遊樂場所》，我總有種進入千年老妖異世界的奇特感：生冷、生硬又生輝——寂寥的深處冒著古怪的泡沫，恐怖的裂縫滲出慶典的霓虹。性與非性、肉身與反肉身、女與反女，辯證出現。「乾」，通常是負面的，但林文心卻把「乾」寫到極致，變成卓然成家的美學。如同西西〈像我這樣的一個女子〉問世時的驚悚，或如從《班尼的錄影帶》開始就以批判與預知，重構殘酷的漢內克。無論就小說或性別，這條林文心開出的「血路」，奇妙地並置了本質的激進與反本質的顛覆。

——張亦絢（小說家）

只有你一個人記得，還可以稱作記憶嗎？替一個人的身體染過顏色繡出心願，可以算親密關係嗎？還沒退冰完成的，是屍體還是靈堂外的人生？我們應該珍惜的，是一顆偶然的草莓，還是手指上溫存共生的水泡？林文心在小說裡以她銳利的眼、冷截的文字，重構這微溫但大謬的世界。

——楊佳嫻（作家）

林文心的《遊樂場所》標誌出新世代的身體書寫，也為成長小說立下新定義：成長是一場污穢的遊戲。以身體作為記憶的載體，既以下半身接地氣，也以大腦在夢境與記憶中來回遊走。林文心直視污穢之物，探觸成長暗角，匯聚排不出來的碎便、揮不去的記憶碎片、硬不起來的男友，透過書寫，淨化糞便與經血，也進化書寫之術。

——劉梓潔（作家、編劇）

（依姓氏筆畫序排列）

推薦序

洩漏的衛生股長

——閱讀林文心《遊樂場所》

馬翊航（作家）

小學四年級某天週六下午，我邀兩個要好的女同學到家裡玩。進門後，女孩們端坐在光潔的客廳，媽媽正要端水果出廚房。突然一股尿意，我夾著大腿移向二樓廁所，但尿液實在止不住，剛上樓梯就一口氣放了出來，染濕了黃色休閒褲。我卡在一樓與二樓中間，褲子吃了大水，沉沉地要下墜。我不知怎麼管理表情，只能朝著（驚嚇過度的）女孩們傻笑——

初讀文心《遊樂場所》諸篇，很難不去想到一坨一坨與不潔、羞恥、體液相糾纏、近乎奇觀的膠著記憶，即使忍住不去描繪（或自爆），身體顯然也用它的方式記住了。漏尿事件當時也在場的父親，合理地對我槌下一句：「丟不丟臉！」三十年後裡重述此事，不免也是丟臉的。丟是喪失，臉是形象，《遊樂場所》是諸多關於喪失與形象的故事，但也如便器般，接下了生活中關閉又不慎走漏的記憶。我在小學時當過學藝股長、風紀股長、副班長，卻從來沒有當過衛生股長，顯然我不是個與「衛生」連結的孩子。誰能當上衛生股長呢？此指派或遴選，有其邏輯與期待：「股長」是同學，也是整潔秩序內的環節，但這個「人」所引發的清潔行動，也不免使人有種便祕感：看似比學習次要，卻更是校園生活的一種核心。

同學，下面結塊囉

不潔的威力，會以最細小的方式，引起各種過敏反應。瑪麗．道格拉斯在《潔淨與危險》裡，提及某些瑣碎的「微型禁忌」（例如杯子的損痕會引來病菌），尋常作用在日常生活的分類系統。極端的像薩拉馬戈的《盲目》，在所有人都染疫失明、粗暴地被隔離後，小說使人幾乎可嗅聞地，揭發失能群聚生活後「骯髒」之擴散。文心的〈淨女〉裡，有一條女宿生活的隱形規則：內褲放到公用洗衣機裡洗很噁心。學生時代在男宿生活時，我從未思考過此一內褲問題（果然不是衛生股長的料），但諸多「公私之間」與「你怎麼知道那裡有什麼」的隱憂隱喻，共同繞出了文心小說中絕妙的戲劇性與不安感。

這些流出流不出的難言之隱，月經小組近年有顏訥的〈經血旅行指南〉，便祕小組早有〈紅玫瑰與白玫瑰〉的孟煙鸝。寫下身體之隱私與失控，並不全是解放污穢，也不只是擁抱秩序，大部分的狀態是：它們結塊了。這種「核」對（硬塊、突起、纏繞不去）與「整」潔（面對、壓制、被搞弄）的感覺，反覆突起冒出於全書，例如〈遊樂場所〉的糞尿、〈鳥事〉的指間汗皰疹、〈姊姊〉的乾燥陰部、〈淨女〉的分泌物……我想起阮慶岳的《山徑躊躇》，小說女主人公在性愛中途，落出一顆細小的屎塊，她需要感覺羞恥，卻不禁去想那與歡愉與鬆懈之間的張力，房間外的花園，似乎以異樣的途徑在愛的腸道中徘徊許久，深情結晶。文心大概不是古典的精神/體液學說的復興者，但奇怪那些心靈狀態就跟體內管道一樣，會排除、堆積、纏結，也會逆流。不是幽靈，反而的的確確就是毛球、糞塊、石灰垢、蛋白露。也許比起廁所中遮掩恥聲的貼心「音姬」，她更要成為錄音姬、擴音姬。〈遊樂場所〉看似是在公共場所尋覓優良放屎點的故事，但小說中層層疊疊的私／處與體感細節，也是諸多（不）快感的遊戲與幻影。最後，那不管怎樣還是弄髒了的女主角放聲哭泣，儼然是公廁版的〈古都〉了（——體液——要落就落——）。公廁門板下似有陰風徐來，我們若是精神上的便祕者，這本小說又還要導引、推出哪些祕結（pi-kiat）？

非即時性遊戲

同樣是第一本小說作品集，《遊樂場所》也使人聯想起郝譽翔的《洗》。兩本書開篇都是與小說集同名的短篇（關於水、日常、性、秘密），其他篇章則有層層的出逃與失蹤。浴廁房間不是罕見的主題，有趣之處在文心把時間如同其他結核之物，放進去一併摩挲。〈銘心刻骨〉中有一間預約制的刺青工作室，以及一間小廟，兩者都像願望與秘密發酵的甕，刺青、寫作、擲筊幾種原本透明度不一的「傳訊」行為，也被放在一起搖晃。撞擊出來的熱鬧，就像小說最後神明眼前的那場人生戲劇。在〈鳥事〉裡，文心寫佛堂有菩薩在，讓房間失去了時間。時間在她的小說中一如活物，〈銘心刻骨〉中是心願與時差，〈造句練習〉裡是重複與分割，〈有喪〉裡是儀式與軌跡——人是「被遊戲」的，記憶不在現場，她要寫出那鋸齒狀的先來與後到。

閱讀《遊樂場所》的八篇短篇，另一種遊戲在於兩兩配對。除了〈鳥事〉內的雙軌敘事，篇章之間同樣適合製造彼此的通道（我的組合是〈淨女〉配〈遊樂場所〉、〈有喪〉配〈鳥事〉、〈造句練習〉配〈銘心刻骨〉、〈姊姊〉配〈哀琳〉）。人物與人物、人與物的自由聯繫，也會有另一種趣味。除了反射出選篇、編輯上的講究，也呼應著全書關於內／外、彼／此、是／非的流動與滴漏。其中〈造句練習〉是我特別喜歡的一篇，小說罕見地使其中某個人物的名字，每次出現時都附上括號，以收納名字「原來的」發音。括弧的障礙形成提醒，這是失蹤的記號。使得表面上醒目的「受困」，有機會挪移到抽象意義的匱乏與對決。〈銘心刻骨〉則以刺青與草圖，在相較其他篇章更清淡的故事，暗示了其餘同樣關鍵的主題：生活方案的敗陣、恥感與行動的角力。重重環繞「私密」與「不慎露出」的故事與心結，隨著閱讀的逐步推進，似乎顯現了小說家的某種任務與職責。她來擦拭，她來掃除，她來追問。在極度緻密的點描之下，顯然有當前難得一見的感通與強悍。

不得不說是受文心啟發，我去追想那件漏尿事的後來：除了被責罵、自己清洗，忍著（或忘記）尷尬繼續與女同學完成下午的遊戲與功課，之後我怎麼安慰自己的羞恥？我的父親怎麼安慰他對兒子「無能」的困惑與憤怒——雖然有點想不下去，有點遭遇障礙，但那不就是〈鳥事〉中的一句，幾乎是寫作的隱喻：「太麻煩了，誰稀罕為了吃到這樣一小點的果仁，而大費周折？」

瑪格麗特．愛特伍的短篇小說集《跳舞女郎》，最後一篇叫〈出生〉，是一篇關於分娩的故事，幽深之處如語言與生命的遞送與交接，具體之處也落在生產灌腸之必要。世俗、流動、堅固與詩意，正像文心的小說。愛特伍最後的句子是這樣的：「後來的日子裡，珍妮自己開始順著全新的詞語漂流，她的髮色慢慢變黑，她不再是過去的自己，而是，漸漸地，成為另外一個人。」

目次

遊樂場所

清晨的時候，意識比身體和鬧鐘更早醒來，首先臉頰感受到棉布枕套乾淨柔軟，然後是熱，好熱。

設成定時的冷氣大約在幾小時前停了，眠夢之中暑氣滲進房間、爬上床鋪，周身皆是糾纏。日曬不強，其實也沒有那麼難於忍受，但終究無法忽略，毛孔微張彷彿已經滲出汗了，又好像還沒，在將醒未醒之際，什麼都沒法確定。

還在掙扎的時候，記憶擅自召喚一件遙遠的事。

那是仍有天光的夏日傍晚，從圖書館步行到公車站牌，站定以後，妳撫平襯衫皺褶，與等車的人一起眺望馬路遠方。腹部傳來輕微躁動。起先不太嚴重，是那種，彷彿幾個呼吸以後就要離開的疼痛，尚可忍耐；然而上公車以後，妳發覺並非如此：絞痛逐漸刺穿肚臍，流竄皮膚，召喚出手臂上一陣陣的雞皮疙瘩，寒意像特效電影裡有毒的水銀，忽然之間就包覆全身。

公車搖晃城市，天色近晚。妳發覺自己需要廁所。現在，此刻。

按鈴，下車，老公寓仍在二十分鐘之外的地方。直直穿過馬路推開玻璃大門進入連鎖咖啡店，空調撲襲而至，妳尤其感受到嘴唇冰冷，一群戴著鴨舌帽與綠圍裙的店員在櫃檯之後，沒有人抬頭。妳悄悄地找到廁所，閃身進入。是蹲式馬桶。在走道底最後一間，地面鋪有深色磁磚，妳把提包掛上門後掛鉤，紫色塑膠門的下方留有空隙，關門時，接合處發出一道長而高亢的哀鳴。

如果可以，真希望自己不要發出聲音，於是努力控制下身肌肉，但在擠出屁聲的瞬間，妳終究只能承認：真是別無他法。然後暗暗期待其他廁間再無他人，至少目前沒有聽到聲響。水便洩出的同時，妳百無聊賴地張望打量。

右側角落擺有馬桶刷，滾筒衛生紙的份量相當足夠，正前方貼有標語「請小心輕压」，為了貪圖方便把「輕壓」寫成了簡體字，好懶惰的店員，妳想。接著妳又想：味道好臭。

過程結束得很快，但事情就發生在快要結束的時刻。

站起身時，妳看見，紫色塑膠門下探出一對手掌。

那是什麼意思？

那時妳的窄裙仍然掛在腿間，衛生紙正抽到一半。花了太多的時間去反應，才想像出門外可能的畫面：應該要有一個人，屈身趴下，手掌撐地，眼神向內凝望。

眼神向內，望向妳正排泄的地方，聞盡妳產出的一切氣味。

那人會看見什麼？已經看見了什麼？是肉色的，妳臀部與腿根的完整形狀；還是褐色的，妳如水般的糞便落入馬桶的那個瞬間？

彷彿察覺妳的視線，那雙手掌匆匆抽回，接著妳聽見急促短暫的腳步回聲。廁所不大，不過一瞬，便再度回歸無聲，剩下滿室臭氣。此時此刻，馬桶之中仍然漂浮妳的水便，妳尚未清潔下身，雙腿跨在蹲式馬桶兩側。既想拉上窄裙開門狂奔，又渴望拿出濕紙巾、仔細擦拭肛門。

鬧鈴在此刻響起，妳終於張開雙眼，翻開棉被甩去一身溽氣。那場窺探已是多年前的舊事，此時的妳裸身走進浴室，準備淨身。

*

週間白日平穩明亮，妳穿上套裝坐上公車來到圖書館，打卡以後坐進櫃檯，八點準時開館，大學生緩慢來去。隨著時間妳逐漸認得其中幾張臉面，其中一對日日在九點半進館的情侶，女孩皮膚白嫩，留有長軟帶捲的黑髮，髮絲隨著步伐左右晃動，牽住男孩的手姿態顯得特別招搖，惹妳討厭。

這份工作有許多讓妳著迷之處，像是館中冷氣，聞得出灰塵的老舊味道，那是從木質桌椅散出的氣味，呼吸道涼爽乾燥使妳感到無比安全；又或是廁所，學校請有清潔公司一天掃上兩次，清潔大隊每隔四小時消毒刷地，補充衛生紙，這裡甚至比妳公寓裡的浴室還要透亮整潔。

時常困坐公寓馬桶。事實上，多年前看見地面那雙手掌後，閉結阻塞逐漸成為日常。直到妳找到了那間位於五樓的殘障廁所。

五樓是特殊書目存放區，讀者必須換證寄物才得以進入，書庫存有百年以上的珍本，自日治時代便存於此處。它們被逐一編碼縮微，要調閱必須填單詳述理由，所有書籍皆不得借出館外，其中某一部分甚至不允許掃描或者影印。

書庫的冷氣比哪裡都還要冷，是為了保存書籍。若館員要使用專屬電梯直達五樓，必須感應員工鎖扣。而當妳每次踏進這裡，外套下的手臂肌膚便因為冷氣泛起陣陣戰慄。珍本書庫設計成長形空間，那間殘障廁所就在靠左最深處的角落，如此寬敞、乾淨，坐上馬桶不用三分鐘，妳便感到順暢健康彷彿毫無任何排便問題。廁所之外是一層又一層幾乎無人聞問的原木書架，在馬桶上的這三分鐘裡，妳就處於宇宙森林的中心，清靜原始而荒涼。

直到那對情侶闖了進來。

除了開館時分，妳還見過那對大學生情侶一次，就在五樓書庫殘障廁所的門前。

那時妳來到五樓，尚未來得及走近，便看見暗紅色塑膠門從旁滑開，男孩右手環繞女孩肩膀，溫柔甜膩毫無壓抑，那樣地走了出來。

途中，男孩挑起女孩耳邊翹起的細髮，他們私語不斷，緩步走遠。留下妳一人。當妳走近廁所門前，其中的腥臭已經相當隱約，深灰色磁磚地面上留有水漬。那時妳才明白，曾經有過一次，妳安詳坐在馬桶上方，門把突然地晃動並且傳來細碎人聲，究竟意味著什麼。

那時妳如此地驚慌，只能僵坐原地瞪住把手，動彈不得。排便才到途中，窄裙與內褲卡在膝蓋，突然就開始發抖，眼看下身衣物就要滑落，而廁所地板殘有積水，使妳恐懼。門把晃動兩下以後再無動靜，等待許久，妳半裸地猶豫著，像是弱小動物藏住呼吸、判斷獵食者是否遠離，最後仍是小心翼翼放下警戒，完成一切流程，迅速沖水清潔然後離開。

妳沒有看見是誰轉動了妳的門把。但那時，看見他們勾肩搭背朝妳走來，妳突然無比明白，就是他們。

靠近的時候，女孩抬眼，妳們對上視線，然後轉開。

此後，妳便拒絕奔赴五樓廁所，糞便逐日堆積，隨著步伐於體內晃動，公寓馬桶上妳費盡力氣漲紅雙頰及頸脖，卻只能夠擠出幾顆石礫般的碎便，漂浮於水面，惡臭溢出了浴室門外，在臥房之中徘徊不去。

那些時刻提醒妳曾經躺臥病院的母親。她終日無言坐臥病床，任由看護阿姆沉默俐落地更換糞袋。靠窗的床位能夠看見灰色蒼白的斜陽，妳的童年就在床頭椅上，看著她，看著夕陽。隨著天黑，皮膚深黃的阿姆告別醫院花園裡的男女同伴，來到病房領妳回家，洗澡。

困於便祕的日子裡，反覆出現一個夢境是這樣的：於晨光之中妳看見那對情侶，男孩手持剪刀正在一撮一撮地削去女孩的長髮；而她周身赤裸，光潔的背側對妳。身形線條很是清晰，在這當中特別明顯的是每束髮從背脊落下的弧度，畫面親暱煽情但維持安靜，光線明亮，瘦長男孩動作優雅流暢越剪越快，長髮不停落地，接著他手中的工具不知何時換成刮刀，翻轉著角度滑過女孩的頭顱。

於是女孩獲得一顆光滑明亮的頭，妳的目光跟隨男孩手掌，看見指尖撫過女孩後腦（毫無黑點般的細小雜毛）、頸脖、乳房、腹部以及臀部，她的臀肉沒有絲毫色素累積，是同樣柔嫩的色澤。情慾隨著男孩的手指遊蕩，徘徊於女孩肉身。回過神來他們已經消失，妳發現自己獨自坐在五樓殘障廁所馬桶上，眼前滿地落髮，內褲上頭黏有黃液、跟著窄裙懸掛膝蓋。

清醒以後的羞辱感受脹滿早晨，隱隱約約地，妳思索自己或許該去買些更寬鬆的內褲，因為此刻那布料正緊緊纏住妳的胯間，一夜混雜的夢境最後濃縮成為下身暗潮，黏膩、不適、駭人。

清晨時刻妳清洗自己，從頭到腳，不再感到乾淨。

*

老公寓的舊浴室鑲有浴缸，缸底積垢，妳懶得刷、反正也刷不盡。

為了清洗妳必須要抬腳跨進浴缸，隨著大腿的升降起落，感受到腹間糞便隨之搖晃，似乎隨時要從口腔流出。還沒刷牙的時候，口腔中苦臭來源不詳。

妳只能夠盡力而為地，不斷、不斷清洗：買來全新澡球，擠上昂貴名牌沐浴劑，搓揉製造出大量豐盈綿密的泡沫，用力塗在身上、用力刷去；妳也不再彎腰洗頭了，因為害怕一旦彎折身軀，便要嘔吐。

即使有了澡球，妳仍必須將手指探入兩腿之中，撥開形狀繁複的性器以進行全面的清潔。一手持水、一手搓洗，過程必須小心，蓮蓬頭水柱雖然不強，沖上陰蒂時仍然感覺強烈。妳目前不需要這種遊戲，必須留意。

發現洗澡遊戲的時候，妳甚至還稱不上是少女。想不起為何，那天母親並未躺臥病床，而竟能夠帶著妳來到泳池。妳仍然記得泳衣如何貼住身軀像突然多出一層皮，有點費力地，走在池邊必須踮腳，因為水漬流淌地板，不平的磁磚之間藏納水垢，濕而且髒。

母親沒有教導妳游泳，母親不說話。

妳穿著裙襬繡有印花的兒童泳衣，泡在最淺的兒童池裡，慢慢適應泳衣如何包覆軀幹。看見池的另外一端有條塑膠製流水滑梯，不太長，其他小孩排隊溜下，入水以後尖叫嘻笑。

母親去了哪裡？妳已經無法解釋當時她為何沉默地離開，總之，妳獨自去排了滑梯。

離開水面的瞬間妳有一些後悔。泳衣碰水以後在皮膚上更沾黏，而裙襬裡層設計有緊身三角褲，它用力向內縮緊，卡在臀部肉瓣之間。然而小小的妳沒有退縮，忘記究竟是為了什麼，繼續堅持踮腳排隊，隨著隊伍逐步爬上階梯。水道入口有位穿著橘色救生衣的男人，他一把抓起妳，黝黑的手掌從妳的腋下穿過，指尖隔著泳衣壓到妳尚未隆起的乳房，妳被放置在水道入口然後被推下，滑梯流水不斷沖刷下身，沒有太久就被摔進池裡。

重新入水後，妳感覺到腿與股肉之間因為摩擦隱隱辣疼，上方那個男人喊著要妳讓開、下一個小孩就要落下。

妳的乳頭留有觸感，記得他的手指如何搓壓。他會是有意的嗎？那個幼弱的、尚未發育的妳獨自從水中起身，走遠，印象中彷彿是很想哭泣的。

在池裡，四周歡騰吵雜，浮板與泳圈隨時可能飛擊而至，妳試圖閃躲而逐漸靠到池邊。母親仍然沒有出現。當妳還沒真的貼近牆面時，一股水流猛然刷過大腿，嚇了好大一跳。

原來是出水口。

低頭看著池邊牆上，一個小小的圓孔在水中沖出一股又一股的泡沫。以手碰觸，力道不夠的話馬上會被沖開，妳反覆伸指探觸幾次，接著改以整隻手掌，用力壓住圓孔；水柱沖得真大力啊，於是妳又伸出了另一隻手，兩隻手掌，意圖壓制水流。不知覺間身體轉正，面向圓孔，好奇自己能夠撐住多久。當中，壓不住的細小水流從妳指縫之間噴出，白色泡沫被妳阻擾四散各方，其中一小股水流直直地奔向妳的兩腿之間。碰到了妳的，那個地方。

然後妳便學會了。妳的遊戲。

妳把雙手放開並讓身軀貼近牆面，完整的、巨大的泡沫水柱沖刷陰部，來自水的刺激直接、龐大、有力。妳調整姿勢，讓水柱碰到那個點。那個點。在真正被碰到以前，妳甚至不知道自己正在尋找什麼。

不知道妳獨自玩了多久，母親突然又出現了。妳牽起她的手離開泳池，踮腳走在磁磚地上，雙腿中央發癢生疼。

在那之後，妳沒再跟母親去過泳池。在浴室裡，洗澡時，妳練習玩起這場遊戲。洗澡遊戲持續許久，到妳成為少女、到妳再也不是少女。許多夜晚被妳越洗越長，洗完以後雙頰潮紅，不敢看向任何人。

*

阿姆見過妳的洗澡遊戲。

小的時候大人們總是告誡：醫院很髒，一回到家就必須洗澡。於是返家以後阿姆總會先將妳脫光、放進浴缸，隨後她也將會赤條條地坐下，妳們在缸裡擠得很近，面對著面。阿姆要妳低頭前傾，將妳的長髮撥到前方，猛水當頭淋下，同時她用指尖抓撓妳的頭皮，有過一些太過粗魯的時刻，指甲用力劃過，妳大聲哀號並且便幻想自己的頭流出鮮血、浸滿浴缸，洗也洗不盡。

阿姆還教導妳陰部清潔：她會先抓住妳手拉到妳的腿間，要妳以指腹來回摩擦以製造出泡沫、快速搓洗陰唇一陣之後，再持水幫妳沖淨，如此一來，髒汙便能消失殆盡了無痕跡。

當時妳們同樣赤裸。

阿姆總是將沐浴乳擠在手掌、塗上妳身。比較悠閒的時候，她會把食指跟拇指繞成圓圈，沾有沐浴乳的指圈拉出一層透明且泛有虹暈的肥皂薄膜，輕輕地，阿姆將其吹成泡泡圓球，但輪到妳的時候，薄膜總是破散消失。她取笑妳懊惱的樣子，即便妳並不是真的聽明她口中語言，仍然記得同坐浴缸水流淹起的感覺相當溫暖，也記得阿姆的手肘摸起來粗糙，奶頭大大長長地向下垂落，跟妳的身體很不一樣。

仍是一個從醫院返家的夜，浴室裡阿姆再次將食指與拇指相碰，繞成一個圓圈，連出薄薄一片泡沫。不知怎麼地看著那層脆弱透光的膜，妳想也不想便伸出右手，妳的食指穿過阿姆的指圈。

膜破了。

妳戳破了阿姆的薄膜，感到有些得意，但她的神情突然改變。阿姆收緊五指握緊妳探入的那隻細小食指，妳於是被包裹於她的手掌之間；同時她另一隻手用力抓住妳的手腕。然後阿姆她，像教導妳清洗性器那樣，掐緊妳的手，來回、反覆地移動，讓妳的指進出於她握成圈的手中、進出於她收緊的掌所製造出來的洞口。

進進出出、進進出出。

好奇怪的阿姆。莫名其妙地妳感到生氣，想不起來自己是否開口說話，但反正阿姆從來就聽不懂。妳開始掙扎、試圖拉回手腕。沒有想到稍一用力阿姆便整個人向後傾倒。她後腦撞上浴缸邊上金屬製出水口，但流出血的，卻是她茂盛有毛的陰部。

妳放聲大哭，久久沒能停止。

後來妳當然就明白了，那不過是經血而已。那些濃黑稠狀的血，中醫會說這是陰虛體質，經血結成塊狀讓它從子宮剝落時引發疼痛，這樣的月經在底褲上不會呈現血色，而是乾涸黑褐並且斑駁，就跟阿姆的膚色一樣。褐色血塊伴隨著浴室蒸氣絲絲勾纏，在排水孔上與落髮斷毛一起徘徊繞圈，繞不進金屬製的排水洞裡。

總而言之，那是妳第一次看見女體的性器。在那以後，妳便獨自洗澡。

＊

彷彿體內的一切都不夠乾淨。

已經多久沒有大便了呢？想不起來。坐在馬桶上，妳有時想起夏日傍晚在咖啡店廁所裡遇見的那雙手掌。如果他觸碰了妳，究竟能夠碰到什麼？

在能夠被稱為少女的時期裡，妳曾遵循著健教課本的指示：以鏡子觀看自己的陰部（坐在馬桶上，中指與食指翻開大陰唇、拇指壓住陰蒂，另一手轉動鏡面）、亦曾持鏡於身後，狗咬尾巴那般，笨拙地回身檢查屁股下緣的橘皮，色素沉澱於皮膚表面，並不平滑、並不美。

於困頓鬱結的早晨中，有時，沒有理由就是怕極了。獨自在公寓裡，妳戒備地看著上鎖的塑膠浴門，彷彿下一秒那男人就要破門闖入；或者更糟，他破門闖入，然後被妳與一室腥臭嚇退。

（妳總幻想那雙手掌的主人是個男人，但為什麼？）

圖書館的大門挑高，木質門框鑲住玻璃，前些年最外側的鐵門已經被改成自動感應門。冷氣伴隨日光，那對情侶總是準時入館，有時女孩紮起馬尾、戴上眼鏡，也有某些時刻擦著鮮豔惹眼的唇色。

青春有其光華，妳看得太清楚了。

但妳僅是沉默，站立於入口櫃檯，軀幹沉重，滿腹屎尿；看見他們為了刷卡入館而鬆開牽緊的手。夏日的校園裡女孩喜穿無袖上衣，雙臂白皙明透。某些人生來如此：肌理柔軟、僅以指甲尖輕觸也會陷落；太陽之下，皮膚曬不出髒濁顏色。那女孩必是如此，而妳只能恨。恨她入館時刻意擺出乖巧討喜的神情，恨她一通過門閂馬上縮回男孩的臂膀裡；他們以氣音交談的神情語氣那樣張揚，難以容忍。

他們當然不會知道，妳目睹他們離開殘障廁所以後，便只能走進館內一排三間的隔間廁所。格局跟咖啡店廁所那麼像。妳在蹲式馬桶上大腿用力撐住自己，無法放鬆。

終於無法忍受，妳到了藥局，拿到口服藥、口服液劑與甘油球，藥丸應於睡前使用，八至十二小時後生效；口服液劑具軟便功能，二十四到四十八小時內生效；甘油球的使用過程最為殘忍，擠入肛門以後必須強忍住十五至三十分鐘，適用於急性便祕。甘油球還是先暫緩吧。夜裡妳和水吞下藥劑，滿心期待進入睡眠。

眠夢之中男孩女孩再次現身面前，在圖書館長而寂靜的書架間，一前一後地行走著，男孩有時轉身，看向女孩的眼神明亮深刻。

妳總覺得，他不像是普通常見的大學生，說不出來怎麼，瘦長勻稱的身型，不算太高，留有比平頭還稍長兩三公分的俐落髮型。男孩鬢角下方似乎長了一顆青春硬痘。女孩拉住男孩，倚著長排書架，撥勻他粗硬剛強的髮。奇怪的是，妳竟能感受他如何在她的手中，感受到男孩的髮搔癢掌間；同時看見女孩，看著她慢慢慢慢被脫去外衣，並持續觸摸著男孩，她的指腹游移向下，喉結、鎖骨，停留在乳尖。妳突然渴望壓下他的乳尖，女孩像是聽見妳的心聲，她壓住了他的乳尖，觸感果然很好。

書櫃正在悄悄傾斜，有些舊書落在走道之中。年輕的男孩女孩沒注意到，他們沒有空。

男孩的手放到女孩腰上。輕巧溫柔，妳早就知道那樣的手勢。女孩光潔平滑的屁股，被男孩上下來回地把玩。他甚至在下緣處稍微抓捏了一下，然後他的指尖回到她的背脊，順著弧線移動。妳的胸口縮緊，這感覺好美。

他的手掌在擁抱之中持續爬行，降落在女孩的後腰、屁股、肩胛，又回到後腰。完整地抓起彈潤緊緻的潔白股肉，指尖維持輕盈。然後，終於，下探到了那裡。

可以的，她準備好了，女孩陰毛刮得靚白明淨。妳準備好了。來吧。

他的指腹滑進兩腿之間，前後逗弄來回戳探轉換方向就要刺入。時刻將至，但是不對，不是那個孔洞。等等，妳想叫他等等，那邊錯了那個洞錯了不要不可以不應該是那裡。可是來不及了。手指刺入的瞬間書櫃坍塌，妳一身冷汗睜開雙眼，放了好大一聲響屁。

＊

那軟便藥劑算是成功。清晨浴洗以前，妳坐上馬桶，盯著地板上自己的積髮。半小時後宿便終於排出，浴室仍然惡臭環伺。

就累積的天數以及腹部的重量來說，似乎稱不上是爽快，但確實已經好過許多。

接下來，妳終於戰勝了男孩女孩，再也不需要追懷冀盼珍本書庫的殘障廁所，藥很有效，甘油球也很有效，近日以來，妳滿意極了。

過去的意外終於過去。當然妳偶爾仍是懷念地想起，五樓那間寬大隱秘的殘障廁所，燈管中混有溫馨黃光，水台與鏡面皆是明亮，而馬桶兩旁甚至有著周到安全的延長扶手；但妳不是不曾看過色情影片，妳害怕地幻想著那對年輕的愛情鳥會如何在交配過程中使用妳的廁所。

不管怎樣，此後妳再也毋須於館中排便。

館中其他廁所總是一排隔成三間，粉色塑膠隔板分出一間坐式兩間蹲式的廁間，無論將自己放置於任何一處，門外的腳步聲總是太過清晰。有著坐式馬桶的那間永遠最靠進廁所入口，男廁就在對面，一台飲水機停放中間。妳已經確定，廁間裡任何聲響都藏不住，誰憋尿、誰吃壞肚子、誰撕開了加長型衛生棉，書架外邊聲響一清二楚，毫不牢靠。

妳盡力不在外排尿，就算有其必要，亦等待直到三間隔間同時無人才可進行。當然，並不只是羞赧於尿液撞擊便器的潺潺水聲（即使日本人在廁所安裝機器定時發出鳥鳴蟬響已成佳話）。事實是，當妳的尿液沖出，水柱噴向蹲式馬桶前端半圓，總會有好一部分黃色液體四濺於周圍地板。站起身後滴滴淺黃水漬在磁磚縫隙之間相當明顯，妳丟人地不會使用蹲式馬桶，害怕地不知如何是好。

但無論如何，排便問題再也無法困擾妳。甚至，一日早晨小情侶尚未走近，妳已經注意到女孩的鼻尖上長有好大一顆膿包，神情看上去遮遮掩掩。男孩仍然牽著她手，不過她已經不再完美。相比之下，此刻妳的臉龐更顯光滑。

妳養成睡前服藥的習慣，將所有藥丸裝進塑膠小盒中。而過去醫院裡，護士遞給母親藥丸，用漱口水杯盛裝平放於托盤之上，旁邊再放有一杯清水。母親不說話，於是妳並不真的知道任何細節，阿姆在夜間伴妳回家，回到妳與母親當時的公寓。

妳如今已經難以勾勒出阿姆的長相。妳們說著彼此聽不明白的語言，記憶之中她只剩下一頭粗硬的黑捲髮。在午間，妳枕著她的大腿入睡，當她用手指輕輕撥弄妳的頭髮，陽光透過窗充盈整座房間，牆邊妳們兩人的影子相疊，輪廓分明。要是她在撥弄頭髮的過程中，見到妳不小心長出的少年白髮，便用力拔除，從來不事先提醒。妳會因為突然的疼痛驚嚇起身，看到她高興地捏著那根白髮，小心翼翼地放進妳的掌心中央，髮絲落於掌外，輕盈垂落。

此刻妳的掌心來回滾動三顆藥丸，配水一口吞下。妳的秘訣是：若一顆藥丸效果不夠，再多加一顆便是。

起床的時間越來越早，只因為期待在清晨之中順暢排泄。當然還有甘油球出現於藥丸效果不夠的那些危及時刻。只要能夠順利排出，液態水便還能接受；塊狀軟便亦是勉勉強強；軟硬適中健康長條糞理所當然是最愛，它會為妳開啟美好的一整日。

早晨，妳確認馬桶中各種形狀尺寸固態或液態的糞便。壓下沖水把手時腦中浮現小情侶的年輕臉龐，隨後得意洋洋地跨進浴缸，開始清潔。

妳買來另外一種樣式的除毛刮刀，刀片四周被肥皂環繞，於是當妳除毛，肥皂隨著觸膚摩擦自然而然搓出泡沫，泡沫和緩刺癢感受，妳翻開性器，小心翼翼將刮刀遞入兩片陰唇之間。它的握柄甚至有著軟膠握位，貼合妳手掌的形狀，妳使用它來來回回、前後前後，即便無意之間碰到陰蒂，那也是相當舒服。因為早起，妳還有許多時間，以水柱、刮刀進行遊戲。

誰想得到，事過境遷那麼多年，妳進階了妳的洗澡遊戲。

＊

阿姆的窺視是從什麼時候開始的呢？

獨自洗澡以後，遊戲是這樣進行的：妳坐進浴缸，半躺讓重心移至後腰，抵住缸底，再將雙腳各自放置在出水口兩邊。一切就位，妳壓下出水口前端拉桿，將出水位置從蓮蓬頭改為放水口，然後躺下，尋找那個點、等待那個時候。

偶爾，妳也不閉眼，就看著天花板上的日光燈泡，一直看著直到視覺疲勞出現色塊幻影。與此同時水柱不斷刷過下體。好舒服，妳想。

躺著的時候，浴缸之中水的移動起落特別明顯，濺起的水滴灑上大腿兩側，有點冰涼；積水緩緩刷過手臂邊緣，沉積，流動，然後又散去。那是水與妳的遊戲，有時玩到皮都起皺，那也沒有關係。

還有些時候，必定是姿勢不對，妳也不是非常確定。當遊戲結束，妳心滿意足眨了眨眼睛，將雙腿從浴缸邊緣收回，緩慢站起，一股水流無聲地自體內滑出。什麼時候流進去的妳並沒有感覺。應該是要感到羞愧才對，但是出於某種原因，妳卻多出幾分高興或得意：我洗得很乾淨吧，裡面也是呦，哈哈。

甚至曾經彎腰確認，想見到洶湧於體內的暗流，捕捉它被自己泌出的那一瞬間，但大腿濡濕，水滴不斷滑落。妳看不見，只能感覺。

便是在那樣一個姿勢，一低頭就對上了阿姆的眼，在沒壓緊的塑膠門外。妳們對看以後各自僵持，不知為何妳竟然在尷尬錯愕的場面中恍惚起來，記憶模糊斷錯，母親病床旁邊似乎擺有一束蘭花，文心蘭，鮮黃花瓣已經皺起，泛出褐黃色澤。

等妳發覺，阿姆已經轉身離去。

再次空曠的浴室中，妳並沒有馬上拿起浴巾包裹自己，赤身直立於浴缸，一頭濕髮貼住肩膀，巴住皮膚。那些浸泡濕透的髮結成了一條條一束束，水珠從尾梢偷偷滲出，在肌膚上落個沒完。

*

阿姆在母親過世以前就離開了。她的幽靈卻從此加入妳的洗澡遊戲。

妳一直記得她，也一直沒能戒掉洗澡遊戲，從此當妳在浴缸中躺下，就算塑膠浴門早已經鎖緊，仍然感受到她的漆黑眼神。

今晨也是這樣。昨天夜裡妳吞下許多藥丸，夢境混亂，年輕的情侶於其中交纏，將醒之時雙腿間隱有騷動，是濕黏而帶著彈性的質地。近日妳勤勞於除毛，對於自己的觸感感到著迷。躺在床上，肉身覆蓋於綿軟被毯之下，就像一只繭。妳的指頭撫過腹部，再往下，底褲外頭有短小的粗硬毛髮刺出布面。即便日日除毛，仍是趕不上它們生長的速度。妳的指尖撫過那些刺毛，然後停留上方、偶爾施力，抵住毛根，使得皮膚感到微微癢痛。這是觸摸但並沒有非常深入，僅僅輕搔腹部下方，確認毛髮初生的位置而已。

因為妳尚未排便、尚未清潔，那裡仍然使妳感到骯髒。

進到浴室，脫去睡衣坐上馬桶，夏季就要結束，清晨寒氣使得皮膚泛起陣陣疙瘩，妳靜候藥效，門在前方。母親沉默地過世了，阿姆回到她來時的國度，妳不曾在照片中看過她的身影，很奇怪是，保存下來的照片全是沒病的母親，有時妳也想，阿姆會不會僅是妳幻想出來的一個人物。

藥效發生並且結束，今日的糞便不多，妳稍稍猶豫，最後決定不使用甘油球。

跨入浴缸轉開水流，妳用腳趾確認水的溫度。蒸氣慢慢環繞，一切如常，感覺輕柔。

沒能料想到的是藥效其實尚未結束，溫熱水柱刷過陰部，妳正閉眼回憶昨日夢境細節，腹部卻猛然發出聲響，脹痛蔓延中止一切。想不起來昨夜究竟吞下幾顆藥丸，妳只得回到馬桶上，糞便衝出的同時也感受陰道再次泌出細流，姿勢又不對了，妳想，而時間就要不夠。

悻悻然地，妳沖去水便，潦草淨身便離開浴室。

今晨九點三十分，那女孩穿上紅色碎花連身洋裝，裙長膝蓋，領口做成花瓣一般的形狀。

而妳的事情還沒結束，中午過後，肉身孽障愈發難以收拾。隨著絞痛頻率逐漸頻繁，彷彿體內真的有些什麼正在墜落，站立時妳頻頻低頭檢查，確保沒有任何體液流下。終是忍無可忍，妳將工作託付給櫃檯旁的工讀生，故作鎮定彷彿無事那般地搭乘電梯來到五樓，寬大的殘障廁所乾淨一如記憶，妳來不及品味舊地，便已急迫地拉下窄裙，坐下以後更緊張地確認底褲之中有無沾染經血或者屎尿。

布料尚且乾淨。

回過神後，妳才意識到自己已然歸返至記憶之所，好久不見，此處是曾經有過的安樂窩，妳感嘆著。出乎意料地舒適順利。妳在馬桶上環顧張望，看見磁磚地板的縫隙，看見鏡中映出自己；無需管顧聲響，體內的糞便如水沖出。

終於得空回味昨夜夢境，竟然有些荒謬地期待那對情侶與妳一同歸返，女孩今日的洋裝是招搖的紅色，而他們將會如何使用這裡？

妳依然能夠勾勒出如此畫面：男孩為女孩剪去頭髮，那些髮絲一撮一撮閃閃發亮。妳希望她被抵在牆上或是壓在鏡子面前，希望自己能夠確認女孩的身體，她的屁股下緣，是否一如夢境那般光滑。

此間過於舒適導致精神一時難以集中，妳心不在焉地站起，有些許液體不知如何甩上了左腳小腿與腳踝邊。

尚未低頭確認，妳已經感到過份的不潔，此時妳尚未擦拭自己，窄裙連著內褲沒能拉上，再次感到全身發冷、泛起大幅度大範圍的雞皮疙瘩，小腿與腳踝依然濕黏，原因不明。

最後妳終於低頭。那些液體確實是積鬱一日終於排出的芥黃色水便，在妳穿有膚色絲襪的小腿肚上，前衛藝術家惡作劇那樣地，灑上長長一條；腳踝內側則是由點散開的形狀。不知為何糞便竟然可以是如此鮮豔的黃色，妳瞪著腿，瞪著飄浮在馬桶上下的液態水便，還一些糞便呈點狀，被噴射在馬桶上緣。方才體內傳來的歡快幻想此刻皆成嘲笑。

該要如何才好？沖水還是擦拭？在寬敞的空間裡妳的鼻間盡是臭氣，眼淚突然就泛起來了。

事情未完，還有許多步驟要做。像是沾染身上的糞便出乎意料地難以抹淨，彷彿顏料，妳必須在洗手台前、於鏡面映照之下，將紙巾以水沾濕反覆抹拭。而衛生紙沾水摩擦後，逐漸分解成為白色碎屑，要是有染到髒汙的部分，紙屑變成灰色黃色，那些大大小小顏色不一的碎屑覆蓋妳左腿表面，就像佈滿了癬。

擦拭到中途時妳抬起了頭，透過鏡中反射看見廁間拉門沒有扣上，門板透出縫隙，難道妳又忘記了？門縫後邊閃過人影，有人看見了妳，然後離去。

此時此刻如何能夠有人？

那抹晃動一閃而過，無法指認是否即是有著鮮嫩軀體的那對情侶。

妳彷彿看見一道紅色，又難以確定。回身邁步的同時感受到左腿拖累，像是跛了一般地沉重。拉門外的書庫空曠深長，冷氣強風依舊吹襲不停，皮膚卻潮濕粘膩。

妳追趕向前，潛進層層書架之間，書庫鋪滿地毯吸去妳步伐的所有聲響，就在前方紅色再次閃動。是紅色果然剛剛看見的確實就是紅色。所有夢境突然同時降臨，就是他們，帶有無比的肯定，妳知道就是他們，他們再一次地捕獲妳於最齷齪的時刻。

過去有過許多眠夢，妳見過他們於傾斜的書架、於散亂的廁所當中，他們潔淨美好，彼此相愛。然而此時的他們卻在目睹了妳的汙濁以後任由妳獨自竄逃，低頭即是左腿內側擺脫不去的糞便痕跡。

赤裸的、骯髒的、粗糙的，皆是妳。

冷氣吹過，後腰泛起寒意，妳的窄裙拉鍊甚至沒有拉起，裙身搖晃懸掛於臀部上方。書架延伸沒有盡頭，突然又有什麼正從體內緩緩流出。

此刻不同於以往夢境，妳發覺，變得赤裸的人竟是自己。

必須展開奔逃，妳已禁不起誰的窺視。前方玻璃透出日光，妳頭也不回地向前，希冀找到屬於妳的那間浴室；過程當中，無論是沉重的步伐或者急促的呼吸，皆被隱去聲音。左腿非常疼痛。妳沒有注意書櫃已經開始傾斜，原本好開闊的空間逐步碎裂。裙從腿間滑落，下身袒露而出。

最後妳坐落於地，像是再次見到了阿姆的黑色經血，那般地放聲哭泣，嚎啕不能停止。

銘心刻骨

開業一陣子後，每逢農曆十五，在中午出門買飯以前，我習慣先去工作室旁的五十嵐。買一杯蜜茶或波霸奶綠，再去旁邊的萊爾富，買一包乖乖；有些時候，我直接去萊爾富，在那裡買齊了波蜜仙草凍，和椰香口味的乖乖。買完以後再去公園，公園角落有一幢小小的房，真的很小，內部活動空間甚至比公園裡的公廁還窄。

在那房裡，有一尊土地公，跟虎爺。那是廟。

我拿蜜茶或波霸奶茶或仙草凍，拜土地公；拿乖乖拜虎爺。這間土地公廟實在太小，在公園極不起眼的角落。廟身幾乎只夠容納二至三人，彎腰把香插進虎爺的香爐時，起身很容易撞上土地公的神桌。在公園裡，我看過運動的老人、玩器材的小孩、陪著他們的父母或者外籍幫傭，但我沒在這間廟裡看過別人。

最初是冬天。台北總是下雨，我撐傘，提著買給自己的波霸奶綠，踏進了公園，意外繞進了小小的土地公廟。廟裡沒人。來都來了，我想，把手中奶綠放了上去。

其實我不太確定其他同行都拜些什麼，可能關公之類的，或天公？做生意好像都是在初十四拜天公，開刺青工作室算是做生意嗎？畢竟也是需要客源的行業。搞不清楚，反正我是拜土地公，意思大概有到就好。

幾小時以後必須回來，拿走供品。所以我老是私心想買波霸奶綠給土地公，純粹是我自己想喝，但我聽說土地公都愛喝蜜茶，或仙草凍。

拿香拜拜的時候，我常分心，不過我猜自己大概是這位土地公唯一的客人，所以他不應該跟我計較太多才對。

放妥供品，點香之後，我在心裡說：土地公，你好，我又來了。我是隔壁公寓裡那個刺青師。

還記得第一次拜他的時候，我問土地公：你管刺青嗎？然後擲筊：

笑杯。

再擲一次：

怒杯。

擲筊兩次以後我突然有點生氣。誰理你啊，身為土地公你不是應該什麼都管嗎，我住你隔壁欸不要任性好不好。我把筊杯放回神桌，雙手合十，在心底對他大吼大叫：「我以後！每個月都會來！土地公還請你多多保佑！保佑我客人變多，技術變好，早點交到男朋友！」

然後我就走了。然後那天晚上，我收到阿傑傳來的第一封訊息。

阿傑傳給我第一封訊息的時候，我還沒紅，沒有現在那麼紅。

那時也是台北多雨的冬天，到了晚上十二點整，他說：「你好，我想要預約一個大概五乘十的圖，有素描感的一把槍，下面放一排字。」十二點整，分秒不差。

十二點整是我在粉絲專頁上定出來的規矩，我規定每月一日晚上十二點整開放預約，依照訊息時間決定先後，如果額滿，就必須等待下月。當初我是想，這樣或許可以營造一種很多人想來預約的錯覺。刺激客人的慾望，類似於百貨公司櫃姐永遠都說，這支口紅剩最後一支，那樣的話術。當然，後來我真的紅了，大家都必須搶十二點，還有客人跟我分享，搶到預約的小技巧，是十一點五十九分前用手機打好訊息，同時用電腦打開讀秒視窗，在十一點五十九分五十八秒按下送出，提早兩秒給網路傳送訊息，才有可能成功預約。但反正，在阿傑那時候，其實不用整點預約，因為訊息還沒那麼多。不過阿傑在整點傳來訊息，讓我虛榮了好一陣子。

我到了隔天早上才回覆，為了保持我幻想出來的高姿態。

我們講好下個週末在工作室見面。見面以前，我點開阿傑的帳號，他是用本人帳號發來的訊息，頭貼是全黑的照片，帳號充滿了使用的痕跡：被標記的照片、抽獎文下面的好友留言，還有那些忘記刪去的、很陳舊的發文。我很快便讀到帳號的深處，看見他五年前使用過的大頭貼，我想他可能是個挺老實的人。

那個月，除了阿傑，其他預約訊息也陸陸續續傳來，是我自開業以來客人最多的一個月。然後我想到土地公，笑了出來，他實在是很傲嬌的老人。我決定下個月回去找他。

*

阿傑說他的正職是工程師，工作之餘也寫點東西。哇你是作家嗎？我問，同時一腳踩著儀器，針頭嗡嗡嗡刺進他的皮膚裡，阿傑的皮膚偏硬，肌肉線條明顯，我猜他有固定健身的習慣。皮膚偏硬，膚色偏深，不容易上色，必須稍微費力，我於是把手中針頭刺得更深，在與平行鎖骨的位置，勾出槍管的形狀。

阿傑說：「不算是啦，還沒出書。」

「出書了就算作家喔？」

「大概吧，我也不清楚。」

「那你出書的時候跟我說，我去買一本。」

阿傑笑，沒有多說。

阿傑來到工作室後告訴我，他要把槍刺在左邊胸口上方，乳頭上面鎖骨下面，靠近心臟的地方。他做了很多功課，說明得很清楚：想要寫實素描的黑白風格，手機存有許多事先找好的圖片，除了線條輪廓，還要描黑，打霧，點刺，很多細節。他本來想在槍的下方再放上一排字，應該是英文，不過那行英文字很長，長長地橫在乳頭上，會看起來突兀。我把畫出來的圖用轉印墨水描過，讓阿傑脫掉上衣，把油抹上他的皮膚，再把轉印紙貼到他的胸口，反覆按壓。雖然隔著一層轉印紙，但乍看之下，我彷彿正用力地搓揉他的胸膛。紫色墨水印上他的皮膚，或許是因為冷，失去上衣的阿傑在我的動作之下稍微縮瑟，好像有點激凸。

撕下轉印紙，我說：「你確認看看，這是你要的感覺嗎？」

阿傑站到連身鏡前，手指滑過胸口。

我警告他：「不要碰，墨水還沒全乾，會糊掉。」

「字的位置好像真的有點奇怪，拿掉好了。」

「好。」我拿起濕紙巾，用力擦拭那行紫色的字，他的乳頭縮得更緊了，字跡暈開，紫色墨水在阿傑深色的皮膚上散成塊狀，再慢慢淡去。我說：「我們可以把字移到別的位置，像是鎖骨或是手臂上，你覺得怎麼樣？」

阿傑低頭，看著我的手正來回抹過他的胸膛。他說：「沒關係，我再想想要刺哪裡，之後再來找你。」

他之後會來找我。

「好。」我說，「胸口的位置比較敏感，刺起來會痛一點喔。」阿傑微微一笑，再說了一次沒有關係。

他說：「我會忍耐。」

裸著上身的阿傑的微笑很好看，他的膚色是均勻的褐色，沒有什麼色差。即使當時我見過的客人不多，也敢說他擁有一副並不常見的好身體。我對他說：「沒有其他問題的話，就躺下來吧。」

裸著上身的阿傑平躺到按摩床上。看起來稍微害羞，他動作僵硬、小心翼翼，左右手動作尷尬地貼著身體的兩側，我忍不住笑了出來。他看向我，我說：「不要緊張，想要暫停隨時都可以告訴我。」然後我拿起毯子蓋住他的腹部，放下毯子的時候，我的指節滑過他的腹部，他的肌肉不自覺地抖了一下。

我說：「那我要開始了。」

他說：「好。」

*

阿傑是土地公為我帶來的福星。我很確定，因為在他以後，我的生意就好了起來。一週可以排休兩天，每月可以有額外的休假，收入變得穩定了起來。這些都是阿傑的功勞，或是土地公，不知道。

除了十五，我偶爾中午買飯，經過公園，也會順道去找土地公，和他說話。要是沒有下雨，就坐在公園的長椅上，吃剛買來的便當，垃圾還可以直接丟在公園裡的垃圾桶。

公園有樹，長椅上落有葉片，我用手撥開坐下。幾次過後，我認識了一位大嬸，偶爾閒聊起來，發覺她是個對世界充滿恨意的人，全身裝滿憤怒以及抱怨，像是社區裡的誰總是在陽台抽菸，或是誰家的狗動不動就在走廊上大便。

我叫她大姐，聽她發著整座社區的牢騷。某次我臨時起意要開解她，意思意思的那種，我跟她說：「大姐，看開一點，不要事事都放在心上嘛。」

大姐似乎非常受用，她說我真是了解她，她這個人就是凡事都太上心了，人生才會過得這麼辛苦。然後像是突然想起來一樣，她問我中午為什麼都不用上班。

我說我是自由業。

她說自稱自由業的都是賣不了書的作家。

那時我的便當還沒吃完，想起阿傑，突然有點高興。我對她說：「對啊，你怎麼知道。」

大姐露出很得意的樣子說：「我怎麼不知道。」

我想大姐是個寂寞的人。

大姐的老公是大樓管理員，中年後存了點錢，投資股票，竟然意外發了一筆小財，於是大姐辭掉工作，專注在家照顧小孩。他們有個獨生兒子，是全家人的寶貝。可惜兒子大學沒考上，跑去混了黑道，刺了滿身的刺青，二十一歲的時候，走在路上被人砍死了。

「我的天啊。」我吃著雞腿便當驚呼：「怎麼會這樣？」

大姐也不知道怎麼會這樣。但是她的丈夫，肯定是因為傷心過度，從此就不講話了。沉默的丈夫有時沉默地看著大姐，那樣的眼神，是一道道無言的譴責。大姐說，照顧小孩明明就是她的工作，身為一個母親、一個女人，怎麼會連這件事都做不好？

我說：「大姐話不能這樣說啊，天下無不是的父母，這怎麼會是你的錯？」

在長椅另一端的大姐回過頭，看著我，仍然是有點寂寞，卻又蠻橫跋扈的樣子。她說：「這個故事怎麼樣？我看我也可以去當作家了吧。」

呃。

我不太確定大姐的意思，所以我是被騙了嗎？我本來想說這很無聊，沒事幹嘛騙人，但是想想，畢竟我也不是作家。於是點點頭，跟她說，應該可以，你會很適合。

然後我從長椅上起身，把便當丟進垃圾桶。

比起大姐，我更喜歡跟土地公閒聊。我跟他聊阿傑，阿傑第二次來找我，中間隔了一個多月，是為了補色。我很高興收到訊息，補色不額外收費，很多客人會因為不好意思就不回來了，這通常沒什麼關係，我只是以為，基於阿傑的禮貌，他也會是這樣的客人。

但那天阿傑很客氣地傳來訊息：「你好，如果不麻煩的話，我想預約補色，時間都可以，不知道什麼時候比較方便呢？」收到訊息以前，我剛送走一對情侶，他們各自在手臂上刺了一組相對的圖，還有一行象徵紀念日的數字，是很常見的情侶刺青。可是在過程之中，女人對男人頤指氣使，男人卻充耳未聞，他們對彼此的不耐太過明顯，幾乎是一關上工作室的門，我便聽見門外的爭吵聲。在門後我刻薄地想：哪天他們分手，想把圖改掉的時候，要是還能來找我，那也是挺好的。

是這時阿傑傳來的訊息。我馬上後悔了自己數秒前的惡毒。我只見過阿傑一次，但是他友善拘謹，溫和謙虛，聰明且不多話，完全是那種，跟他待在一起的時候會希望自己能夠變得更好，同時感覺到自己仍然還不夠好的那種人。相形之下，想賺情侶分手財的我，簡直就是公園裡招人厭煩的大嬸，老天爺。我輕輕地喘了口氣，希望吹走剛才的自己。阿傑又要來到我的工作室了。我記得他站在連身鏡前，沒穿上衣，手指輕撫胸口的樣子。有點唐突地，我回覆他：「剛好送走今天最後一組客人，現在有空，你要過來嗎？」

那時天已經黑了，但距離末班捷運還有一段時間。阿傑瞬間讀了訊息，正在打字的符號閃了又閃，閃了又閃，訊息卻遲遲沒有傳來。我有些後悔，正要告訴他，也有別的空檔，不一定要是現在。但我的訊息還沒送出，阿傑傳來回覆，他說：「好，謝謝你，等等見。」

他說好。

我並不是喜歡阿傑。我跟土地公這麼說，他只是我比較喜歡的一個客人而已，但還是客人，沒有特別了不起。土地公在狹小的廟裡對我微笑，我跟他說：「吼，真的啦。」

阿傑第二次來的時候，比上次放鬆了一點。我問他有沒有什麼比較習慣的味道，晚上我會在工作室點香氛蠟燭。

他想了想，說：「有薰衣草的嗎？」

「當然。」

原來阿傑喜歡薰衣草。上次他脫去上衣，我聞見一股悄悄漫起的肥皂氣味，是很乾爽的味道。有些客人有體臭，有些客人噴香水。後來的我回想起這股肥皂味道，猜測阿傑是個喜歡乾淨，喜歡薰衣草的人。

蠟燭點燃時阿傑主動對我說，這裡讓他想起一篇小說。

我問他是什麼小說，他回答了一個什麼，我記不起來。

「小說的故事是什麼？」我接著問。有點緊張，應該是好的小說吧？我偷偷環顧工作室，工作室是租來的公寓改的。不大，隔成內外二室，外室有沙發、蠟燭，書櫃放著雜誌和漫畫，如果有人陪同刺青，可以在這裡休息。內室以前是臥房，我改放按摩床、電腦、繪圖板、連身鏡，變成可以刺青的地方。東西是有點雜亂，但我定期打掃，應該不至於太髒。

阿傑說：「是一個退休的模特兒的故事，那個模特兒會在自己的屋子裡做乾燥花，等她的情人來拜訪她。」

「聽起來好像蠻浪漫的。」我說。阿傑說：「對啊，這裡也有好多乾燥花，又很香。」隨著阿傑的目光，我看見自己買來的乾燥花，一小束一小束地，放在燒完的蠟燭杯中，或倒掛在窗簾上。那些花束在暖光之下，色澤非常漂亮。我暗自記住，阿傑會留意到這些，阿傑是一個細心的人。

然後我們走進內室，他再次脫掉上衣，坐上按摩床。我湊近他心口，看見上個月我在他身上劃出的那一把槍。割線沒有明顯暈開的痕跡，掉色不太嚴重。

「你復原得很好耶。」

「真的嗎？」

「對啊，幾乎只要稍微補一點顏色就可以了，很快就好囉。」

「這樣啊。」

或許不是我的錯覺，是阿傑看上去有點失落；也或許是我的錯覺，我們畢竟才見面兩次。我拉來機器，戴上手套，換過新的針頭，輕沾墨水。阿傑突然打斷我：「這次我不用躺著嗎？」我說：「沒關係，坐著就好，一下子就好了。」

「喔。」阿傑的手掌抵在按摩床的軟墊上，挺起了腰。我看見他的手臂浮起一條青筋。

「不用那麼緊張啦，上次不是都撐過去了嗎？」

「我沒有緊張。」

「那我要刺了喔。」

「好。」

我左手食指和拇指撐平他胸口的皮膚，稍微用力，新裝上的針頭沿著當初的線條，把黑色墨水灌入，把阿傑心口的槍支再重新描繪了一次。

一下子就結束了，結束以後阿傑起身，走到連身鏡前。

「這次沒怎麼流血了。」他若有所思地說。

我告訴他：「補色的話，傷口沒那麼深，通常不會流血。」

「原來是這樣，」他說：「謝謝。」

我說：「不會。」

阿傑突然就不說話了，他不說話，笑笑的，站在連身鏡前，鏡子裡的目光折射在我的身上。

*

蠟燭在外室燃燒，工作室漫起溫暖的薰衣草精油的味道。

仍然是冬天，仍然在下雨。這個月我又撐傘，帶著食物，來拜土地公。出廟的時候，前方碎石小徑跳躍有三兩隻麻雀，牠們從草地上斜飛，飛得不高，有點蹦跳吵鬧的姿態。出沒在公園裡的麻雀總是過胖，像一顆球，又傻又可愛的樣子。

我向前走，發現麻雀們鳴叫是為了爭搶從草地上啄起的一塊食物，牠們彼此的鳥喙靠得很近，紛紛以食物為中心撲著翅膀。什麼東西那麼好吃？我越走越近，隱約看見了被爭搶的那塊食物的形狀，是毛蟲或蚯蚓嗎？體積似乎不像。突然有隻麻雀鬆開了嘴，那塊食物沒有落地，在空中向上扭動了起來。

那塊食物是一隻蛾，是活著的，能夠展翅，掙扎向上，努力飛動的蛾。

麻雀們沒有讓蛾真的起飛，其中一隻鳥張嘴咬住蛾半邊的翅膀，周圍的麻雀不甘寂寞，牠們將蛾環繞，張開翅膀形成一個大圓，紛紛扯住了蛾身上的某個部位，像另一邊的翅膀，或是米白、橢圓的身體。

那隻蛾，在被我看見的，正要飛動的那一瞬間，就全身都被拆解了。

我突然發冷，應該是因為天氣，畢竟是冬天的、有雨的台北。我回過身，看向身後的土地公小廟。土地公你也看到了嗎？你每天都看著這些嗎？土地公仍然微笑，他的面前是我剛剛才放下的蜜茶。

＊

在身上有槍之後，阿傑又回來找過我幾次。他的兩隻手臂上現在多了一些圖案。右手有玫瑰、酒瓶、奔馳的馬，左手是一整隻正在鯨落的藍鯨。至於上次從心口上被抹去的那一行字，如今刺在阿傑的右後肩上，那甚至不是英文。阿傑提到這是一位法國哲學家寫在書裡的一句話。我問了他是什麼意思，可是他說了以後，我馬上就不記得了。總之，我把失去意思的法文刺到阿傑的肩上，針尖劃下的過程中，我發覺他的呼吸不規則，頸間一塊肌肉突起跳動。結束以後我提醒他，復原期間記得不要背重物，最好不要使用雙肩包，因為摩擦或者重壓都會影響，會讓刺青暈開，變得模糊。而阿傑他，他竟然有點俏皮地對我吐出舌頭。

「我完蛋了，」他說：「我書包是雙肩包也是重物。」

刺那排法文前，阿傑再次光裸上身，不過這次他背對我，趴躺著。我看見他的後腦勺，有一顆髮旋。沒來得及想得太多，我已經將食指戳進那顆髮旋裡。他嚇了一跳，回頭看我，眼神很是無辜。我跟他說：「放鬆一點，要開始了。」

我慢慢掌握了跟阿傑聊天的節奏。經常幻想自己是洗頭小妹，如果找不到話說，反正可以專注在動作，或許隨口問一句：「這樣可以嗎？會不會痛？」通常阿傑會說：「不會，這樣可以。」但他的肌肉仍然緊繃。在調整姿勢的時候，我偶爾會故意用手肘滑過他露出的肌膚，通常是腰間，每當他被觸碰，那處肌肉總會不著痕跡地顫動。他不會知道我是故意。這樣他其實更難放鬆吧，我對自己說，有點罪惡感地懷疑，作為一個刺青師，是不是太不專業了？但當阿傑再次來到工作室，我仍然如此。即使隔著手套，我仍能感受到阿傑的體溫非常溫暖。於是我猜，對他來說，我的身體肯定是冰涼的，我的每次觸碰，都會為他帶來些許刺激。

終於我們認識超過一年。剛開始，他仍然是每月一號的午夜整點傳來預約訊息，但隨著找我的人越來越多，阿傑開始失敗，他的動作不夠快，訊息欄逐漸熱鬧，阿傑被淹沒在對話列表之中。

我於是給了他個人帳號，我跟他說：「我們是朋友，朋友想刺青的話，直接跟我說就好，別再搶預約了，留一點機會給新客人。」我沒有跟他說，其實這幾次，他的預約都是失敗的。

聽完以後阿傑沒有說話，但是拿起手機的表情看來有些開心，當我的面，用手機傳來一張貼圖。那是一隻正在微笑的狗，搖著尾巴。

我於是跟土地公承認了，阿傑是有那麼一點不一樣。

土地公，謝謝你讓我生意興隆，但你是不是也可以保佑一下我的戀愛？還是你覺得，我應該去找月老？聽說龍山寺月老很靈驗。

我在心底嘿嘿嘿嘿地竊笑，土地公不會願意我去龍山寺，沒辦法，他只有我這個客人嘛。我跟他說，好吧，我先不去找月老，但你得幫我想想辦法，總不能每次都是阿傑想刺青了才來找我。

成為臉書好友以後，我更認識了阿傑一點，阿傑在網路上話比較多。他的帳號會打出文字很多的長文，會評論時事，也有讀書心得。偶爾我們聊天，在訊息裡，他很活潑。他說他在雜誌裡讀到我的採訪，我說果然文青才會讀雜誌。他說，他其實不算是文青啦。還仔細向我解釋，文青在現在，如何是一個相當嘲諷的字眼。

我說：「你們作家很難搞欸。」

他說：「是沒錯啦。」

那個採訪，是前陣子某間雜誌社突然傳來的邀請，他們說這一期的主題叫職人的生活，還有攝影師跑來工作室，拍了幾張我在刺青的照片。後來雜誌社寄來雜誌，我讀了採訪，似乎寫了很多我不曾說過的話。

訊息裡的阿傑說：「原來還不是刺青師的時候，要用人工皮練習。」

我說：「其實我大部分用的是豬皮，比較便宜。」

「？？？」阿傑傳來一張震驚的貓的貼圖，很醜，跟他很不搭。

他說：「天啊好難想像。」

我沒有告訴採訪者關於豬皮的故事。但我告訴了阿傑。

過去的我在早市討得豬皮，上頭蓋有印章的豬皮不能賣，早市的阿姨在認得我以後，總是事先幫我把皮包裝起來，免費贈送。我帶回豬皮，先是一片一片刷洗，再拿刮刀除去上面豬毛，用清水洗過刮刀後，要重新一次洗過豬皮，等到整包皮都處理完，通常是幾小時之後的事了。

我為自己安排進度，一包豬皮練習線條，一包練習打霧，一包練習光澤，循環反覆。別的刺青師在出師以前，會到刺青店裡跟著師父，當學徒；但我沒有。從美工專校畢業以後，我獨自在家練習，來不及用完的豬皮先冰進冰箱，日積月累，把母親所有的食物，都染上一股酸氣。

豬皮拿出冰箱以後，從早上，用到下午，就開始發臭。

因此，母親的廚房，在那些我獨自練習的日子裡，總是瀰漫一股騷臭氣息，我與母親的身上沾染了同樣的味道，揮之不去。

剛開始，我練習技術，後來開始練習圖案，每日每日，把事先畫好的圖案轉印到豬皮表面上，然後一筆一筆的割出圖案與線條。剛開始我太著眼細節，刺出來的成品常常比例歪曲，可是如果不留意細節，又會顯得輕浮潦草。我畫出好多張圖案，那些植物、動物、神像、卡通人物，被我歪歪扭扭地刻到豬皮表面，再被丟棄。

用完的豬皮我通通交給母親，不知道她都怎麼處理。

也有時候，豬皮冰得太久，變得太硬，甚至結起了霜。這種情況，只能把皮放在室溫之中慢慢回溫，同時也散溢腐氣。某次我不耐煩了，把過冰的豬皮放進微波爐解凍，一不小心，皮就熟了。半熟的皮冒起陣陣白煙，表面浮出白色水光，當然什麼也刺不進去。

母親見了淡淡地說：「把皮弄熟了做什麼，難道你打算刺的人也是熟的嗎？」

我告訴阿傑：

「那幾個月，每一天，我都超級臭。」

「因為用手壓著皮，即使戴著手套，指甲裡還是都是死豬的味道。」

「我很用力地洗手，洗澡，都沒有用。」

「有的時候，我做夢，夢裡還會聞到那股味道。」

阿傑說：「所以你現在才對香味這麼執著嗎？」

我說：「可能吧，我不知道。」

但豬皮的故事，有些後續，我無法告訴阿傑。

我無法向他描述，無論練習過多少片早市裡的豬皮，豬皮的觸感與人皮仍然不同。世上每個人，都擁有唯一的一副皮膚，那副皮膚的鬆緊彈性、溫度高低，以及整體結構，與他人不會相同。我無法告訴阿傑，我是花了多少時間、觸碰過多少具身體，才終於能夠準確拿捏落針的力道以及速度，如何配合著這些不同的皮膚、刻出不同的圖畫。

我之所以無法告訴阿傑，是因為我害怕他要我描述，描述他的皮膚。

下一次，阿傑又來到工作室的時候，他為我帶來一瓶擴香，是百貨公司專櫃的品牌。他說：「我不確定你喜歡什麼味道，所以還是買薰衣草，比較保險。」

我接過提袋，我對阿傑說：「謝謝你，我很喜歡薰衣草。」

土地公，你真的很厲害。

＊

這個月阿傑來找了我兩次，其中一次，要刺的圖案比較大，我花了整個下午還沒刺完，於是我們甚至一起叫了外送。如果想成是一起晚餐，那幾乎可以算成一場約會。在食物送來以前，阿傑還下樓，特地幫我買了一杯五十嵐。他說，下個月他還要過來，想要把兩隻腳都給刺滿。

他的左腳上，目前又長出了幾個圖案。脛骨是很痛的部位，但阿傑什麼話也沒說。不痛嗎？我又問他。這個問題我已經問了很多遍，剛開始的時候，阿傑總是繃緊了全身的肌肉，對我說，不會，還好。

但是這次他說：「其實很痛，其實每次都很痛。」他跟我說：「其實我，從小就是個怕痛的人。」然後我們一起笑了出來。

阿傑的腿上，有腿毛。想到這裡我不小心笑出了聲音，抱歉了土地公。在阿傑腳上落針以前，我必須先把那些腿毛刮除，除毛刀一落下，刀片上便卡滿捲毛，每次落刀，都需要先用濕紙巾擦拭刀片，清除捲毛，刀片才會足夠鋒利、我才能繼續往下刮。

阿傑有著內斂的個性，茂盛的毛髮，以及陽剛的體格。

我左手扶著他的後小腿，右手拿刀。左手傳來的觸感結實，我看見阿傑的腿腹肌肉是長方形塊狀。我問他：「平常有健身的習慣嗎？」他說：「偶爾吧，坐太久的時候會去動一下。」他半躺半坐在按摩床上，眼神向下，看往我手中刮刀，又是有些羞澀的模樣。

我說：「不要害羞啦，毛刮乾淨才好刺啊。」

他說：「我的腳毛太多了。」停頓了一下，接著說：「所以我絕對不會在腳上刺動物。」我抬起頭，我們目光對上，他說：「不然腳毛長出來以後，動物就真的毛茸茸的了。」

再一次，我們又一起笑了出來。

土地公，說實話，我跟阿傑之間，感覺還不錯吧？

如今我已經見過阿傑身體的很多地方了。當他決定將刺青爬上大腿，終究必須脫下長褲。

或許在那之前，我應該來策劃一場盛大的告白。阿傑是個害羞的人，他不強勢，也不主動。我很清楚，這沒有關係。我想我願意。我得和他相約在一個不是工作室的地方，我們總是在工作室裡見面，也該是走出去的時候了。

你覺得哪裡比較好呢？土地公。如果成功的話，我多帶一點東西過來吧。這叫什麼，還願嗎？我們之間，還要搞這一套嗎？不如，我買點鹹酥雞怎麼樣？土地公，如果你也同意的話，請你保佑我告白成功，成功以後，我買五百塊以上的鹹酥雞過來。如果你也同意的話，請你給我一個聖杯。

然後我持香鞠躬，將三炷香插入香爐，拿起神桌上的筊杯，擲了出去。

是怒杯。

喔你實在有點麻煩。我彎腰拿起地上的筊杯，其中一隻滾落到虎爺面前，我小心地避開神桌尖銳的桌腳，小心地站起。

是五百塊的份量太多了嗎？還是你不想吃鹹酥雞？不然，你要不要喝看看星巴克？沒有喝過吧？可以的話，要給我聖杯喔。

我再次將筊杯擲了出去。

還是怒杯。

有了上一次的經驗，我有些無奈，但也不是真的非常挫折，這土地公。在心裡我嘆了口氣。好吧，反正你要保佑我成功，成功的話，我帶三百塊的鹹酥雞加一杯星巴克來找你。我放回筊杯，雙手合十，彎身拜了拜，走了出去。

*

暑氣已經離開城市，但冬雨還沒落下。因為這陣子晴朗有風，我經常坐在公園吃便當。偶爾遇見大姐，或者其他老人，大家見面得頻繁了於是認得面孔，甚至還會互相招呼。某次，抵達公園以前，隔了一段距離，我遠遠聽見大姐對一位老伯說：「現在的人就是這樣，當什麼作家，整天遊手好閒，混吃等死，一點用都沒有。」

而今天又是十五。我獨自坐在長椅上，看見樹蔭灑上大腿褲管，慶幸此刻沒別的人，於是我可以放肆而恐懼地，回味起昨晚的夢。

夢裡有個男人，我不認得那張臉，只知道他是客人。這兩年來客人多了，並不是每個人都能夠記得。我不記得的那個男人，他裸著上身，與我並肩同坐在工作室的按摩床上，我們並沒有討論刺青，我們討論文學。

我告訴他，有過一篇小說，裡面有個模特兒，她的身型與長相極美，那個模特兒善於製造乾燥花以及保存一切氣味，她總是在充滿香氣的房間裡，耐心等候她的情人。我對男人侃侃而談，我告訴他小說如何使用隱喻，經營意象；男人側身傾聽，他沒有上衣的身體使我分心，我發覺那是極為強壯的，比阿傑還要好看的體格。如今的我，已經見過了許多身體、碰過各種皮膚，他這一身是真的難得。

我不斷地說，說出過去從不曾說過的、充滿主張與判斷的句子，甚至連夢中的我也察覺了異樣，於是在說話的同時我亦心想，我可能是從阿傑的臉書上學到這樣的說話方式。

男人耐心地聽，當我說出了最後的論點，我深知那是很有說服力的論點。他的臉上展開一抹微笑——像是一個同意，也像一種勾引。然後他湊近我，溫暖的手抓住我的肩膀，慢慢逼近，我知道他要做什麼，但不知道要不要允許他。男人沒有等我，他輕柔卻肯定地吻了上來。我要拒絕，即使是夢中，我都記得自己是如何愛著阿傑，我跟阿傑的氣氛正好，很快就要正式交往了。

一股乾燥的肥皂氣味悄悄出現。

我腹部發熱，發軟，那是阿傑的味道。陌生男人的身上怎麼會有阿傑的味道？我無法克制地吻了回去。

陌生男人的舌頭，體格，溫度。他將我壓倒在我的按摩床上，我很少躺這張按摩床，突然就想起了阿傑初次脫去上衣的樣子。他的手掌來到我的腰，就要往上探。我總算，終於有足夠的力氣推開他。

我告訴他，我們不行這樣。

男人說，我們可以，你還沒有跟他在一起。

我不知道男人如何知道阿傑的事，反正他將要再次逼近，而我從夢中醒來。醒來的瞬間我深深明白，如果夢有後續，自己將會無力反駁那個男人，他可以對我為所欲為，做出一切。

怎麼回事，明明有阿傑了啊。幾隻麻雀飛到長椅附近，活潑雀躍的樣子，嘆口氣，我從便當裡挑出一口白飯，往前撒向草地，麻雀先是閃避，再一步步跳回，啄食那口落地以後染上黃沙的飯。

我不確定那算不算是個噩夢。那個夢讓人恐懼是因為它那麼真實，彷彿真的會發生，我的罪惡感在於，我知道自己會讓它真的發生。發生的話我要跟阿傑解釋嗎？還是應該隱瞞？但是那些觸感，那些觸感真的很好。已經過了整個早上，我仍然忍不住想，再多一點就好了，反正是夢，發生得再多一點就好了。

其實這也不算什麼。我對自己說，陌生男人是對的，就算這一切真的發生了。我跟阿傑之間畢竟沒有承諾。要是我們在一起了的話。我想起阿傑的小腿肌肉，以及背部輪廓。他的身體已經佈滿我的記號，如果他決定將刺青爬上大腿——上次他確實告訴我，他在猶豫這一件事——那麼，他將會在我的內室之中卸去長褲。我想像他的大腿肌肉，也會如同他身體的其他部位，是不常見的好看。

這時我才發覺自己的小題大作，那甚至不能算是一場春夢，或者一場出軌。想到這裡我幾乎是笑出了聲音，決定放過。我把便當盒丟進垃圾桶，提起零食以及飲料，周圍的麻雀因為我的動作陸續驚飛跳躍，仍然是傻裡傻氣的樣子。我準備去找土地公了，下午還有客人。

土地公廟前有杜鵑樹叢，因為春天還遠，目前都是很零落的樣子。

還沒踏上小徑我先恍恍惚惚聽見人聲，有些意外是，連大姐與老人都懶得踏進的土地公小廟，今天竟然來了人。我轉過樹叢，面前一對男女。

天氣還不是真的冷寒，廟中男女的衣著相當單薄，我看見男人手臂的線條，以及上頭的圖案——那是一隻碩大的、正在死亡的藍鯨。那隻藍鯨環過女人的腰，手掌探進女人白色的貼身上衣，來回撫摸，從我的位置，能夠看見那雙手掌在衣服之下移動的路徑。

女人說：「別這樣，會有人。」她輕輕掙扎，雙手抵在男人的胸口上。我見過那副胸膛沒有被衣物包覆的樣子，我知道那副胸口之上，有一把我留下的槍，就在左邊，靠近心臟的位置。

男人說：「這裡怎麼會有人。」他的聲音如此強勢，毫不羞澀，我不曾聽過他這樣說話。話沒說完他的嘴已經啄上女人的臉，語音模模糊糊，女人竊竊地笑了起來。

「好了啦，」她一面閃躲一面說著：「我們走了嘛。」

「不要，」他回覆她，「不讓你走。」他的臉仍然埋在她的肩上，另一手卻移動到她的臀部。我知道，那隻朝向土地公的手臂，上面有什麼圖案，那副身體上的每個圖案，都是我親手刻上的。男人與女人站得搖搖晃晃，因為他埋在她的脖頸之間，逗得她發笑發癢。我並無法看見他的表情。

我的背後傳來了清喉嚨的聲音。

咳！咳！

咳！

哇靠你們聽到聲音還不知道要避開啊到底有沒有搞錯這對狗男女你們在神明面前在神明面前欸在幹些什麼不三不四的事情。

大姐突然竄了出來，繞過我，氣勢驚人地往小廟逼近，我剛剛沒見到她，不確定她在什麼時候來到公園。大姐說，我最近晚上來這邊就看到有人鬼鬼祟祟不知道在幹什麼東西我看就是你們吧在這裡打野砲是吧你們有沒有羞恥心啊晚上就算了現在光天化日之下到底想要幹什麼東西。

我想問大姐，原來不只白天，你晚上也過來這裡嗎？晚上的時候，你獨自一人，過來這裡，都在做些什麼？

我看著大姐的背影，她就快要走過小徑，正逼近著男人與女人。我突然明白過來：那是真的，大姐說的那個，讓我寫下的故事，是真的。

大姐說，你這男的一看就不是什麼好東西搞得滿身都是刺青你是小混混吧小姐你眼睛瞎了嗎幹什麼跟這種人混在一起。

那個女人露出害怕的表情，對男人，對阿傑說了什麼，我沒聽見。阿傑說：「這位太太請你冷靜，你再這樣我要報警了。」大姐沒有理他，大姐實在恨極了，她伸出手指在空中揮舞，手指的方向朝著阿傑的胸膛。眼看大姐就要跨進土地公那間並無法擠下三個人的小廟，手指即將戳上那副結實的胸膛。

阿傑想要往後退，他左手護住那個女人。那個女人穿著白色貼身上衣及牛仔寬褲，短版上衣微微露出了腰身的皮膚，她一頭短髮，妝化得很漂亮，可惜唇妝已經不太完整。阿傑與女人往後退，但是其實沒有什麼空間可退，他們撞上神桌，我不確定是誰的手，誰的手揮了一下，神桌搖動，有什麼東西落地的聲音。

我的視線向下，除了我，沒有人真的留意到什麼東西掉了。因為大姐忙著戳打阿傑與女人，阿傑忙著阻止，女人忙著害怕。

只有我看見了，落地的，是一雙筊杯。

有些斑駁的紅色筊杯分別落地，在六隻腳之間的空隙滾動，幾下掙扎以後終於停住。

是聖杯。

土地公從來不肯給我聖杯。

我抬起頭，土地公在三個忙碌的人的身後看著我，我也看著他，他對我露出微笑。

有雨的冬日即將再次抵達，而這是公園裡的土地公所擁有過，最熱鬧的一天。

鳥事

我經常睡不著，但今夜特別嚴重。

我睡不著。如果這樣告訴我的奶奶，她會對我說：閉上眼睛，不要動，強迫自己不要動，就好，就會睡著。以前我會對她感到生氣。說說而已，誰不會。我會對她生氣，然後睡著。

但今夜特別嚴重。我已經滑手機，滑完手機，看書，看不下書，閉眼，睜眼，來來回回許多次。當窗戶照進清清淡淡的淺藍色光線時，我終於什麼感覺都沒有了。不再憤怒，不再焦慮，我只覺得疲憊而已。我好累喔，我說真的，但我無法睡著。

然後我爬下床鋪，坐進床鋪下方的座位。整棟宿舍此刻沒什麼人。爬下床鋪，望著電子時鐘，又開始發呆，不知道還能夠做什麼。

我抱住膝蓋，把全部的自己縮在椅子上，膝蓋抵住書桌邊緣。桌上有零食，化妝品，書，錢包，前一天穿過但還不用洗的衣服，電子時鐘，總之很凌亂。房間只有我一個人，一個人睡不著，一個人不知道要做什麼才好。

終於我想到，不然，去散步。

我認為這是一個好主意，但沒感受到什麼情緒。這樣一個清晨，身體與思緒都太過遲鈍。當我放下膝蓋，慢慢從椅子中站起時，我知道轉頭是窗，有清晨的光，隱隱約約地，似乎很漂亮。或許因為這是一個漂亮的時刻，所以我不感到哀傷，憤怒，或者其他，煩躁什麼的，都沒有。

我只是想，起來，然後做一點什麼，什麼都好，好過現在。

我套上衣服，反覆誦唸：「伸手要錢。伸、手、要、錢。」

那是爺的口訣。伸是身分證。手是手機。要是鑰匙。錢是錢包。睡衣丟在桌上，提上小包，小包裡面裝有伸手要錢，戴上口罩，我出門了。

*

這天，太太的孫女出門的時候，太太醒來，醒得很早，很不尋常。

尋常的話，太太的一天在九點過後才正式開始。她沒有早睡早起的習慣，即使已經七十五歲，作息仍然悠緩，早餐在過往是她的丈夫負責打理。

過往是孫女與丈夫都還在家的日子。

過往的日子裡，早上七點的時候，太太會先被丈夫叫醒孫女的聲音叫醒，或者，她睡得太沉了沒聽見丈夫呼喊孫女的聲音，那便會在十幾分鐘後，被孫女於浴室盥洗的聲音吵醒。說是吵醒，但那些聲音，在她的房門之外，總有一種壓抑謹慎的氣息。他們不想吵醒她，這是善意。可能因為這樣，太太聽到的時候，常常是安詳平靜地，枕著被窩的溫度，重新睡了回去，直到九點過後才真的起床。

前幾年，孫女畢業，離開家，到了別的城市。

一段時間後，太太與丈夫才發現，孫女不愛回來。她先是不常回來，回來後不常在家，接著，便不太回來。

再一段時間以後，太太的丈夫在睡夢中，很安靜地過世了。

於是現在，太太每天早上九點獨自清醒於老屋二樓的房間。醒來時日照已經非常明亮，因為沒拉上窗簾，所以她的早晨總會看到房間地板印出樹蔭閃爍跳動的形狀。那是窗外的一棵棗樹，枝葉交錯，有鳥躍上的話，太太透過這扇老窗，可以看得非常清楚。

＊

我在散步。

前方的早餐店，有位阿姨在櫃檯後打蛋。

我聽見鳥從頭頂飛過，還聽見風聲。過馬路的時候，因為沒有留意，所以走到斑馬線中間才發現，不小心闖了紅燈。我闖了紅燈，可是沒有驚動到任何人。早餐店阿姨仍在她的櫃檯後低著頭，我獨自得意起來，繼續向前。人行道上有著許多年邁的榕樹，氣根向下垂落，小小片的枯葉散落路面，當風吹過，便發出弱小的騷動。

走過人行道，走上騎樓。有一些路我慢慢不能認得，到後來，我已經什麼都不再認得。

發現迷路的時候，其實並不緊張，就是感到有點奇怪。不緊張是，我想，到處都有捷運站，要是想回去，就找捷運站，等到六點捷運就開駛了，怎麼樣也不必緊張。但我仍然感覺奇怪。於是把腳步停下來，抬頭，檢查周圍。

我察覺自己正站在一條不大不小的巷子中央。不知不覺就走在中央。巷子兩邊每戶人家，門口都擺放盆栽。建築物老舊，掛有門牌。我想，是國宅嗎？

其實我也不真的在乎。如果不趕時間，迷路不會怎樣，至少不會死。但迷路畢竟是一件搞丟自己的事。我猜是因為這樣，因為我在清晨時刻，漫無目的地，把自己搞丟了，所以才感到奇怪。又或者是因為，因為我昨天整晚沒睡，這很難說。

有扇大門在我前方突然打開。只聽聲音我便知道，這是那種，用按鈕按開的那種老式大鐵門。開門碰的一聲，嚇了我很大一跳。鐵門裡走出一個老男人，穿短褲與白色背心，沒戴口罩。我看到他乾瘦的小腿和灰白色腿毛，手裡拎著一張板凳。

老人自建築走出來，放下板凳，就放在他的門口，路的中間，我的面前。然後他慢慢坐了下來。坐下來的老人看向我，看見我，好像想要對我說些什麼，但最後，老人什麼也沒說，他就是看了一看，再看一看，然後把頭轉開，看向別的地方。

我很錯愕。

他為什麼不對我說話？我以為他要對我說話。

突然我就不快樂了。清晨的風，還有日光，盆栽與人行道上茂盛的樹，全都不再有效。我開始強烈地痛恨自己終日難以入眠。一定是因為沉迷手機，才會被睡眠之神所拒絕。一邊迷路我一邊不快樂地向前，不記得自己怎麼離開，離開不大不小的，處處都是盆栽的，這條巷子。

*

太太清醒之後，有很多事情要做。她獨居，但很忙碌。

首先盥洗，近日太太盥洗的速度慢了一些，因為她的手，她的手沒有原因地，冒出了一點一點的水泡，使得皮膚變形。那些水泡，最初只是在指縫間，小小的探出幾粒，後來擴散開，從中指到食指，到指腹，到手掌。那些水泡使太太看自己的手彷彿就是獸爪。並且癢，很癢，可是不能抓。

醫生說，這是汗皰疹，好發在春夏之際。

太太對醫生說，現在是秋天。

醫生說，原因當然還有很多。藥膏一天擦兩次，記得不要碰水。

不要碰水，那怎麼盥洗呢？太太本來就是那種，動作溫吞的老人，手指病了之後，太太的每個動作，都變得更慢了。

丈夫還在的時候，他早睡早起。在太太熟睡之際，丈夫會掃除花園落葉，並且澆水，餵狗，帶狗散步，清理狗的大小便，買好早餐店的早餐，再回到家中，於一樓的浴室裡洗去汗水，再到二樓叫醒孫女。

孫女不在了，太太不用叫醒她。除此之外，在丈夫離去以後，其他的家務，太太開始學習獨自負責。好險是，有那麼一天，狗突然從花園中消失。人都說狗隨主人，既然丈夫總是照顧著狗，太太認為，狗當然是隨丈夫去了。也是幸好，省得麻煩。

至於她原本的工作，像是早晚禮佛，那肯定是要繼續的。佛堂在三樓，菩薩面向窗，窗外是天空與棗樹樹頂，就是太太的窗口正對的那一棵。佛像擺放位置是給人算過的方位。算過以後，菩薩住進太太的家，天天看望棗樹，而太太一人，住在菩薩的樓下一層，視野跟菩薩是很相似的。

七十五歲的太太仍然日日化妝，她習慣擦上珍珠膏、口紅，以及粉色眼影，裝扮好自己才能踏入佛堂，因為拜拜很重要。這是她從來的規定。太太一日必須參拜兩次，每次都先確認過了時辰。吉時、凶時或者中時，都被印在廚房裡的傳統日曆上，清清楚楚。早晨盥洗過後，她來到廚房，走進牆面，看著掛在冰箱一旁的日曆。撕去昨日，檢查今日。每張日曆下方皆畫有表格，一日諸時都將對應至一小字，分別有吉、中，或者凶。凶時不可拜，中時或吉時皆可。

關於中時，太太總是覺得拜起來，有種說不出的勉為其難。說實話，她不曾聽說過禮俗裡有什麼中時，但總不會是日曆隨便填字來充數，這個問題太太沒有仔細想過。反正，吉時最好，吉時總是最吉利。

這天，太太不知為何太過早起的一天，她的孫女也反常地踏上了回家的路。而太太很緩慢地，盡量不讓左手碰水地盥洗，化妝，下樓，走進廚房，確認時間，確認日曆。日曆告訴她，六到八點，是凶時。此刻的時間，是六點二十一分。

太早起的太太已經穿戴整齊。她想著：現在怎麼辦呢？

＊

離開巷子後我重新開始走路，越走越快，心情很差，無暇顧及周遭的一切。清晨就快過去，壞情緒全都找了回來。我仍然不認得路。我對自己的不滿還有很多，像是沒有回家。所有人都回家了，我不回家，獨自在這裡，在這個不知道是哪裡的這裡，四處遊蕩。老人與充滿盆栽的巷子已經遠去。我仍然無法指認這座城市，恍惚感受到柏油路逐漸變大，車子變多，車速變快。不想死的話最好靠邊一點，我對自己說，但仍然走得倜促倉皇。

上次回家，是因為爺的喪禮。

那日母親傳來訊息，手機螢幕上說了很多，總之一句是：外公走了。

當時的我想告訴她，這是不太精準的說法，好像爺還能走到哪裡一樣。但我只是回覆：知道了，我會買票回家。母親說好，儘早就好，還說她會去訂機票。可是後來的母親沒回來，全世界都是疫情，機票不好買，她這樣告訴奶奶。奶奶沒有多說，治喪為期兩週，其實很快就結束了。

喪禮的最後一天，爺被火化。他化成灰，灰被放進位於山腰上的靈骨塔裡，而我再次離開。

繼續走。

隔著馬路我突然留心，感覺到右邊，有一棟大的、閃著日光的建築。我感到疑惑於是再次停下。

我覺得，自己好像認得這裡。

怎麼會？我很小心地回憶。有幾台車飛快地穿過我與建築之間。這是哪裡？我為什麼認得？是曾經夢見過嗎？

確實有些時候，生活會流過一個片段，一個細小瑣碎、不應該被留意的片段，卻突然讓人發現：我好像夢過此刻，此刻這個片段。然後那個片段，就因為這樣，莫名留了下來。

但不是這次。因為我真的應該認得那棟建築，那棟建築上甚至有字，告訴大家他是什麼。建築告訴我，他是轉運站。我在建築的對面站了一陣子，不確定多久，總之夠久到應該要看到字了。其實我有看到字，但就是沒有讀出來。

爺的喪禮距離此刻，已經過去多久了？

我沒有算，沒有辦法仔細地算。我的記憶停留在火化過後，站在庭院的老樹底下，我伸出手看見樹蔭印在手掌的形狀，感覺鈍鈍的，應該要感到悲傷才對，但只覺得累。那時的我對自己說，我該走了。

如今的我站在轉運站對面，陽光從建築外圍反射，有些光線形成束狀。我才發覺，原來今天已經開始了，一個日子原來是這樣開始的。我先是很錯愕，再來很好笑，然後沒有多想，沒有辦法多想，就決定穿越馬路，進到轉運站。買了一張票，準備回家。

*

當太太的孫女正在等車的時候，太早起的太太礙於囟時，沒能前往三樓的佛堂。她走出老屋之外，來到花園。她想要打掃花園。

老房的花園有著方正的格局，桔子樹叢連成圍籬，圍籬之內有著各式各樣太太叫不出名字的植栽，靠牆處是蘭花，棗樹就在角落，正對著窗，好大一棵。為了避免棗樹枝葉長進鄰居的家，太太的丈夫曾經每過一季就架起梯子，修剪枝幹。最開始時，他會把太太叫出來，在棗樹下的梯子上，詢問她，是不是這一枝？是不是這個方向？太太評估枝條與鄰房的距離後，會回答他，再多一點，再往內剪一點。

後來丈夫改喚女兒，再改喚孫女。她們三人，都曾經站在他的身後，回答他，是這個方向，再過去一點，再多剪一點吧。枝幹被剪去後掉落地面，因為連著葉片，落地時發出唰嘩啦啦鈍重的聲音，有那麼點不乾不脆。

棗樹有時也結出果實，不是水果攤裡賣的那種碩大渾圓的棗子，老屋的棗樹總是結出小粒的青棗，大約是桔子的大小，或再大一點。小青棗嚼起來苦澀，咬舌，沒人要採。太太與丈夫於是總是留著樹上的青棗，打掃花園時，看見落果有被啄食過的痕跡。原來人不吃的，鳥吃去了。

有一個故事，太太一直想要對誰訴說，但沒有誰能聽。

這個故事，是喪禮過後太太的發現。她認為，喪禮過後，老房前的棗樹上，多了一隻鳥。是白頭翁，胖胖小小的白頭翁。太太確信自己此生不曾見過這隻白頭翁，她很確信。

主臥正對這棵棗樹，她在這間房幾乎睡了一輩子，從搬進這棟老屋開始，即使與丈夫分房，那也是丈夫睡進了一樓的客房，這間房與這扇窗，還是陪伴著她。各種鳥們在早晨裡，在太太在梳妝時，會飛來窗前，經常鳴叫，她於是認得許多面孔。因此她深信，這隻白頭翁，是新來的白頭翁，是丈夫逝後化成的白頭翁。

白頭翁日日停留棗樹，卻始終不在樹上築巢。這點太太很能體諒，畢竟丈夫再顧念，也總是得回到佛前，他有他的修行。而她只求日日見他，便已足夠。

白頭翁的叫聲響亮清明，一旦飛至，便不停歇。

太太想到丈夫年輕時的樣子。

她拿起竹製掃把，抬頭望，此刻是清晨的邊界，世界無聲。太太的手指抵著竹棍，指腹之間隱隱發癢。攤開左手手掌，掌上分布不均的水泡將皮膚毛孔撐大，有些小小的、透明的表面突起。除了癢，似乎還正在發燙。太太用右手手指輕觸水泡，果然有著不同的溫度。壓住水泡，能夠感覺到底下血管的抽動，有一些什麼要從中爆裂而出的樣子。

醫生說，水泡不能抓破，破了會有創口，容易發炎。

太太問他，癢的話，該怎麼辦呢？

醫生說，忍一忍，忍到開始脫皮，就會過去了，就會慢慢好起來。

在花園裡，太太把手掌貼近眼前，細細地檢查，開始脫皮了嗎？慢慢究竟是多久？怎麼這麼多的日子過去，還是這樣地癢呢？突然耳邊聽見鳴叫。

樹蔭撒下日光，樹影在她蒼白的掌心裡閃爍。看著手掌的太太還沒抬頭，卻已經知道，她的白頭翁回來了。

*

坐進客運時我相信，至少，在車程裡，自己能夠睡著。就算只有一小會兒，那也是好的。因此我閉上眼睛，黑暗中聽見引擎發動，大客車發出轟隆聲響，開始顫動。除了我，車上還有一兩個人，我們彼此之間坐得遙遠。我的手臂皮膚碰到絨毛椅墊，有一點癢。車身搖晃，客運與我慢慢地啟程。

在過去，我是那種，車程裡睡得特別好的那種小孩。

奶奶會說，這是福氣。她經常告訴我一個故事，關於不睡的我。她說：那是母親將我交給她的第一個月，我還那麼小。才那麼小，夜裡就不睡覺。

奶奶說，嬰兒的我總要人抱，抱了才肯睡。她抱著我，輕輕搖動，為我哼唱童謠。當她看我閉上雙眼呼吸深沉，以為我終於睡著於是想將我放進搖籃。但嬰兒的我那麼敏感，才躺進搖籃，便重新睜眼，開始哭泣。小小的我皺起眼眉，嚎啕大哭。

一個嬰兒怎麼能夠哭得這樣悲傷呢？奶奶對我說，好像你已經懂得世上的感情一樣。她說，她只能趕緊將我抱起，央求懷抱裡小小的我，別哭了，不哭了，奶奶唱歌給你聽。

後來呢？第一次聽說這個故事時，我很開心。不知怎麼地，身體好像還貯放著在她懷裡的記憶。但我當時還是個嬰兒。我想，當時的我當然不會知道世上的情感，便也不該記得她的懷抱。所以是再大一點的時候，或許是曾經被奶奶強迫午睡的記憶。兩份記憶，彼此嫁接了。

那一個故事，跟奶奶口中的類似。都是我不睡的故事。我不要睡。就算孩童的我如此告訴奶奶，她仍然逼我躺下，拉扯棉被。用棉被把我包裹起來。她的手臂壓在棉被之上。

小孩子要多睡，才會長得快，身體才會好。

可是我睡不著。

不要講話，不要動，就可以睡著。

她會輕輕拍打棉被，因為隔著棉被，我感覺到的那些拍打，又變得更輕了一些。一陣無聲後我悄悄半張開眼，偷看，看見她皺著眉頭閉著眼。

奶奶，你為什麼睡覺要皺眉頭？

因為太陽太大了。

那我幫你把窗簾拉起來。

你把眼睛閉上，不然我要生氣了。

我只好把眼睛用力閉上，因為她真的會生氣。然後，很意外的是，就沒有然後了。那麼難於入睡的我，竟然也真的在午後睡去，在棉被中，跟奶奶一起。我想，應該是那時候的記憶，那份記憶讓我以為我還記得，記得嬰兒的自己，是如何被奶奶抱在懷裡。

奶奶接著說，你這麼一個不肯睡的嬰兒，讓人沒有辦法。後來的奶奶實在太睏了，於是把搖籃拉近床邊，再把嬰兒放進搖籃。趁著啼哭還沒開始，趕緊躺好，伸出一隻腳到床邊，踢動搖籃。嬰兒的小床一晃、一晃，彷彿仍是她的懷抱，嬰兒的我便安下心了。某些夜裡，奶奶因為自己的睡眠太過安穩而驚醒，醒來後發現一夜寧靜，沒有誰又開始哭泣。便繼續伸腳，輕踢床邊搖籃，讓小床繼續晃動，讓小床裡的我繼續安眠。

我已經許久沒有回家了。

閉著眼睛，我感受到客運上路，很奇怪是，我仍然沒有睡著。

＊

太太的左手長出了疹子，長滿了疹子，一顆顆一粒粒的模樣，現在看來，非常的密集。

不過，在最初的時候，僅僅只是中指根部微微騷癢而已。感到騷癢時太太無意識地抓了抓，那個位置抓不太到癢處，於是她摘下了習慣戴在中指的戒指。拿下戒指，抓一抓，再戴回去。摘戒指的動作重複了幾次，某天她突然發覺戒指戴不回去，因為手指變粗了。

太太因此把手掌用力撐開，以觀察指縫間的皺摺。她的第一顆水泡，就藏在那些紋路裡，因為藏在其中，所以即使細細打量，也沒有辦法明確辨認。

太太的手，因為老，已經很皺了。掌紋與皺紋交錯，如果輕輕地捏起手背上的皮，皮膚觸感鬆軟，骨骼的樣子很是鮮明，還有藍紫色血管浮在表面。那麼多種類的線條。

第一顆水泡過後是第二顆，以及第三顆。

太太很晚才感到恐懼。那時她的左手中指，每一段指節上，都已經佈滿顆粒了。接著，食指根部開始發癢。有時候，痛癢感受在肉眼可見以前就出現，使太太不確定這是不是自己的幻覺。這種癢與騷動，是真實的嗎？看著她的中指與食指，想著，這一整隻手，都要變成這樣嗎？

恐懼發生以後，她便經常盯著手看，檢查指縫與掌間紋路，像是最誠心的算命師。而那些水泡，也像是不辜負她的期待那樣，勤懇地生長，甚至從手掌下緣整排整列地浮起。是在這時，太太才真的就醫。

就醫以後她拿到藥膏，拿到藥膏以後早晚各擦一次。可是藥膏不止癢。夜半時分，太太因為痲癢疼痛而驚醒，開燈看見左手掌心泛紅，留有抓痕。是睡著的自己抓的吧，因為太癢了。她害怕地坐起身，上身靠在床邊的梳妝台前，倚著檯燈盯住左手。被指甲劃過的水泡會泛出血紅色細小斑點，不再透明，抓破的話，容易發炎，因此必須塗上優碘。優碘把皮膚染黃，一大塊鮮黃色的記號，覆蓋在紅色斑點周圍。

太太的左手因為水泡而鼓起，變得浮腫，凹凸不平。一面是因為她老了，皮膚才變得薄脆，薄脆而且失去彈性，只能緊緊貼住骨頭；另一面，又因為水泡脹起表面，拉大了凹凸落差。

太太的手掌崎嶇斑剝，她感到又痛，又癢，又寂寞。

窗外有風吹過，深夜之中老樹搖擺，朝向房中傳來沙沙的聲音，有時遠處有狗吠。會不會是隨丈夫離去的那隻狗呢？準備再次睡去的太太，不太關心地想著。

偶爾右手也突然發癢了起來。那麼她會如同驚弓之鳥，放下眼前所有事情，尋找光源，將手舉至光下檢查。

她都有按時擦藥，太太想，怎麼還是不見好轉？

左手的水泡其實發作很慢，是一顆、一顆，一根手指、兩根手指的速度，循序地生長起來。就連手掌邊緣，也是以相當規律的速度，慢慢連上手指。然而在今天，在太太一反常態地早起，無法拜佛，獨自在棗樹下清掃落葉的這一天，她的孫女搭乘的客運剛剛出發，她感覺到右手指間的騷動。才剛感覺到麻癢，舉起手的時候，那一排新探出皮膚的水泡，已經等候在手指的邊緣，橢圓顆粒形狀清楚，蠻橫地齧咬，隱約地熱燙。

＊

我在客運上，反覆睜眼又閉眼，閉眼時想著許多事情，想得太多反而像是做夢，像是什麼也沒想，什麼也沒想的感覺像是發呆，而發呆的感覺，幾乎像是入睡。但如果我在這時睜眼，就會知道，其實仍是相當清醒。

客運搖搖晃晃，因為車少，一下子就離開市區。我看到河。河面反射陽光，旁邊有濕地、飛鳥與橋。河面因為日光不斷閃爍，不斷閃爍，幾乎像是沒在移動。

我的老家附近，也有一條河。河的名字，叫梅川。

和眼前閃閃發亮，寬闊，美麗的大河不一樣，梅川水流微弱，骯髒而且終年溢散臭氣。臭氣是因為，梅川兩側種滿蘋婆。蘋婆葉、蘋婆花、蘋婆果。它們按時落入河面，在弱水細流之中長久地浸泡，緩慢腐爛以後，泛出臭氣。

離開老家以前，我求學的每一天，都必須穿過梅川。從橋上看著河底汙濁的顏色時，我總是想，就算從這裡跳下，這條河也溺不死人；運氣好的話，或許是，類似於跳樓，那種死法吧。

橋的尾端，有一道窄小的階梯，讓某些有需要的人，可以走進河岸。我從沒見人走下去過。但是有時，我確實有著踩下階梯的衝動，想要確認，確認這條總在壞去的河，是不是真的、如橋上所見那樣的，拒絕流動。

這條河，奶奶說，她小時候就在了。我問過她：在你小的時候，河也一樣醜陋嗎？奶奶沒有回答，她只說起一個故事，跟河沒有關係，跟河岸上的蘋婆有關係。

奶奶說，她的父親，曾經帶著少女時期的她到河岸。在岸邊，還是少女的奶奶與她的父親，兩人一齊彎下腰，把熟成的蘋婆果實撿起，裝在籃裡，帶回家，烤食。

我記得自己非常堅定地告訴她，蘋婆果有毒，不可以吃。奶奶說，蘋婆樹結果的時候，果實就藏在果莢裡，果莢在成熟的時刻從樹梢脫落，落地時，硬殼裂開，那裂殼的形狀，就像一顆心。

可以食用的果實，排排列列，都藏在心裡。

我說，蘋婆果不可以吃，是老師說的。

奶奶說，反正我吃了，我沒有死。

奶奶說，她的父親，有一側的耳朵聽不見，走路時，因為沒有辦法維持平衡，經常跌倒。於是那一日裡，他們兩人走在河邊，少女模樣的奶奶彎腰撿拾心型果莢的時候，必須用餘光留意著她的父親，避免他重心不穩，掉進河裡。因為父親有耳疾，所以大概也聽不清楚水聲以及風聲。那一天的風好大，少女的奶奶留有長髮，長髮一束一束刷在臉頰上，從不同的方向飛舞起來，干擾她的視線。

我說，我從來沒有聽過梅川的水聲。

她說，你必須要很仔細地聽才行。

挑選回來的蘋婆果莢，用木筷，把果實從殼中挑出，那從硬殼中一顆顆滾落出來的果實，有一層黑色的膜。以沸水滾過，再放上烤爐，並小心翼翼地等待，等那層膜被烤出裂紋。放涼以後，循著裂紋剝開黑膜，才終於吃到藏在果實內部的、小小白白的，蘋婆果仁。

烤著果實的時候，屋內瀰漫出木材與乾葉的味道，老去的奶奶對著年幼的我說。當時的她想像著水分從果實當中慢慢褪去，果實變得輕盈，因為乾燥而緊縮。

我其實並不真的有辦法想像這個故事。太麻煩了，誰稀罕為了吃到這樣一小點的果仁，而大費周折？

此刻的客運終於穿過河面，意味著我正式離開這座城市，距離老家又再靠近了一點。我並不感到興奮，或者其他，因為我正想著許多事情，或者什麼事也沒有在想。離開河面以後，窗外的風景是下方一棟又一棟渺小的建築，從高處看去，遠方有山，天空很藍，因為日光已經完全露出天際，太過刺眼使我皺起眉頭。

我將車窗旁的窗簾拉了起來，隔著暗紫色的布簾，車內的色調變得混濁。

聽完河岸旁蘋婆果的故事以後，我詢問奶奶：蘋婆的果仁，是什麼樣的味道？

奶奶說，她不記得了。

＊

此時此刻，早晨正要開始，風吹過棗樹搖晃葉片，白頭翁還在鳴叫。年邁衰老的太太的雙手，終於佈滿了水泡。

她低頭，看著眼前平攤的雙手，感受到麻癢持續上竄，竄上手腕、手肘，從手臂蔓延到全身。怎麼會這樣？她不清楚。自己的病，自己的身軀，究竟是怎麼了。耳邊鳥聲越來越急促，像在趕著她。鳥要她做些什麼呢？

太太的丈夫，是個總在趕的人。他經常對她說：我們倆，是慢郎中遇見急驚風。太太則會回答他：不要再催了，越催會越慢的。丈夫經常在等待的過程中失去耐性，有過好幾次，她都以為他要將她拋下了。但他始終沒有。直到他撒手離世，留她一人。

想到丈夫，便想到佛堂，因為佛堂裡，放有丈夫的牌位與相片，就在菩薩的左側。設置成佛堂的房間數十年如一日，除了最近加入丈夫的照片，以及一枚小小的牌位，其他彷彿都不曾改變，彷彿是菩薩，微笑著的菩薩，讓這間房間失去了時間。

菩薩的右手邊是祖先牌位，上頭照片是丈夫的父母親、丈夫的祖父母。沒有太太的親戚，因為她是嫁進來的人。丈夫的牌位獨立放置左側，因為他才過身不到百日，百日當天，必須請來法師，在家中舉行儀式。儀式過後，丈夫的牌位才能正式加入祖先的行列。

這些天，太太的參拜有三階段，非常費時。

首先，要換過淨杯所承之水，大杯三杯，小杯三杯。再點香，共六枝。持著香太太向菩薩祈願，她乞求女兒孫女平安，也乞求自己的手能儘快好轉，結束以後，插入三枝香到菩薩的香爐。再轉向祖先，向祖先報告家中大小瑣事，報告完畢，再插入三枝香到祖先的香爐。香於是用完了。她雙手合十，先鞠躬拜過菩薩，再鞠躬拜過祖先，最後才轉身面對丈夫的照片，終於來到丈夫面前。

拜著丈夫的時候，太太總是感覺生疏。

牌位上方的小相是她仔細挑選的，丈夫的頭髮梳得整齊，面露微笑，看上去溫厚可親。

拜著丈夫的時候，窗戶就在身後，窗外是棗樹的樹頂。有時她會聽見鳥鳴，鳥鳴讓她想要回頭，確認是不是白頭翁，於是不太確定，是否應該繼續站在丈夫的牌位與小相面前。

此刻，雙手發癢乃至於蔓延周身的太太，因為鳥鳴，想起了佛堂裡的菩薩，以及丈夫。

她忍著熱辣的癢痛，放下掃帚，從花園回到屋內，將外出鞋妥善地放回鞋櫃。日光開始讓她感覺到熱，但或許不因為日光，她不確定。她意識到自己正在發抖，心想：得趕快才行。趕快的太太，扣上房門，走上階梯。老屋一樓是客房，丈夫過世於客房床上；二樓是她的臥房，以及孫女曾經的臥房。然後是三樓，三樓是佛堂，是菩薩所在的地方。

顫抖的太太爬上三樓，走入佛堂。她在菩薩的面前搖晃晃地跪下，抬頭望向菩薩的面容，以白玉雕成的菩薩透著潤白的弧度，衣帶似乎就要飛揚，玉雕菩薩的背後還有一幅菩薩畫像，那幅畫像，以金線描繪出菩薩的輪廓，還有臉孔。因為此刻已是白日，陽光從對面的窗照射進來，那些金線，都透出了亮光。玉雕菩薩、金線菩薩，祂們平靜地、整齊地俯視著太太，像在微笑。而她仰望，欲以雙手合十，可是合上的雙手並不平整，合十的動作，讓太太清楚地感覺到掌上正在昂揚生長的水泡，正在如此地躁動。
菩薩，這該怎麼辦才好？太太想。
而菩薩慈悲，菩薩沒有回答。
太太低下頭，無比恐懼地看著自己的手，兩隻手。她太害怕了，所以沒有想到此刻凶時未過，不宜參拜、不宜禮佛。
她感覺到疼痛，騷癢，熱脹，以及龐大的哀愁。這些情緒鼓脹到最高處的時候，好像聽見身後傳來丈夫的聲音。太太的背後是窗，窗外是樹，樹上有鳥，鳥是丈夫化身而成的白頭翁。丈夫他在說些什麼呢？她想聽得更清楚一點，想要起身，但是身體已經難以控制。終於，太太從跪姿跌落地面，將全身蜷起就像嬰兒。她應該要哭，可是她沒有，或許是因為，此刻的身軀已經充滿了太多情緒，無暇顧及其他。
跌落在地的太太以手遮面，擋住從身後窗戶照進來的日光。此刻的她彷彿想起許多故事，可是因為在一瞬間裡想起太多，那感覺像是什麼都已經遺忘。她恍惚聞到一種乾燥的味道，似乎是樹木，又像是枯葉。有個什麼正在搔癢她的鼻頭，讓她的呼吸道發癢，想打噴嚏。

周身都在發熱。困頓的太太張開眼睛，指縫的間隙透出光芒，讓她看見雙手的水泡皆已脹裂，從指節、骨骼與掌紋之中，在那些脹大的毛孔中，竄出了細小的幼毛，幼毛戳破皮膚，長成鳥羽。新生的羽毛不斷迸裂而出，而且還搔癢了太太的鼻尖，讓她想要打出一個噴嚏。

然後再一次地，她聽見丈夫的聲音。這一次，聲音變得清晰了起來。於是她把注意力集中，集中在丈夫的聲音上，嘗試聽懂他的語言。時間流度很慢、很慢，但是她還是聽出來了。

丈夫說：快一點，你的動作太慢了，快一點，我在等你。

就像過去一樣，丈夫總是在等她。

太太的手，不停頓地冒出新的羽毛，一絲絲、一片片、一叢叢，那樣濃密地冒了出來，那樣的茁壯。太太今年已經七十五歲了，她很久沒有不停生長的感覺。

此刻的溫度仍然是熱的，這或許是因為，太陽已經出來很久了，也可能是因為其他。在佛堂裡，在玉雕菩薩與金線菩薩的注視之下，太太的身軀越縮越小、越縮越小。全身不停生出水泡，水泡不停裂開，裂開以後，是新生的、灰色的、優雅的羽毛。而太太的最後一個念頭是：這迴盪在佛堂裡的味道，究竟是什麼呢？

她記不得了。

但不重要，這些都不重要。她得趕快，因為丈夫還在等她。

*

我從客運下車，走過熟悉的路，走過梅川。

過橋時我心想，梅川還是這樣髒臭，而且汙濁。這裡彷彿什麼都不曾改變。此時蘋婆樹上有花，開成橘紅色，在樹梢上，很大一朵。我想，它們結果以後，會長出果莢，掉落河岸，成為心的形狀的硬殼。我至今仍然不確定，那些果實是否可食。

我繼續走。

走過橋，走過街道，走向我成長的那座老屋。

進家門前，我掏出小包裡的鑰匙。伸手要錢，這是爺的口訣。

奶奶會很意外吧？我有點不確定，她向來是那種，喜怒不形於色的人。進家門的時候，有風吹過，傳來枝葉搖曳的細碎聲響，還有鳥鳴。我抬頭望了一望，幾隻白頭翁飛過家門前庭院裡的那棵老樹。牠們叫聲響亮。

在這樣的一個早晨裡，我的體內深處終於浮現出綿長的睡意。如果躺上過去房裡的那一張床，用棉被包裹全身，那樣的話，我能夠睡著嗎？

我用鑰匙轉開家門，脫下鞋子，放進鞋櫃，對著屋內大喊：

「奶—奶——是我—我—回來—了—喔——」

日光灑落樹蔭，老屋之中空無一人。

造句練習

6:55 AM

乍醒時分一切溫暖，她磨蹭床單與他的手臂，感覺很好；身旁的男人可能患有心律不整，當她貼著他的胸膛，偶爾會因落拍的心跳而感到突兀。腦勺後邊的枕頭鬆軟陷落，她掙扎著翻身，從蜷起的姿勢慢慢伸展，肩膀舒張開來，脊椎平放在床墊之上。

男人因為她的移動低低地呻吟了一聲，原本環繞緊扣的手鬆開，落在她的腰側，卻沒有醒。

每個晚上，男人圈著她入睡——不單手臂任由她枕著，是張開全身以包覆：右手墊在她的頸下，左手彎放她的胸腹，她與他雙腳交疊，手指緊扣，是相當程度、實質體現的彼此糾纏。這種姿勢迫使她動彈不得，因此一夜好眠。

論及好眠之必要，她從不懷疑自己對於這份愛情為何如此滿意：完美的睡眠成因繁複，每項要素缺一不可，考量項目包含就寢時間、睡眠深淺以及夢的品質——無夢自是最好，夢是賭，而她憎恨承擔風險。

每日早晨，她在男人的懷裡反覆檢視前夜眠夢，通常都是心滿意足的。

鈴聲響起劃破時空。男人猛然驚醒、轉身、按掉鬧鐘、倒回床上、將她抓進懷裡，再次以四肢鎖緊。她於是重新感受到兩人的體溫纏繞於被窩裡層，形成不斷膨脹的熱氣。因為是冬季，窗外的世界正下著雨，光線很勉強地從縫隙中透進房中，一絲一絲地，並不明亮。

此一時，獸爪踩過木質地板的聲音於小小的臥房中響起，那種音質介在摩挲與敲打之間：啪咔、啪咔。大狗來了，牠走進床與衣櫃中間的窄小走道，坐下，與側躺的她對視。

白狗白、一身長毛、一雙琥珀色的眼睛。目瞳之中一圈流金框起深色瞳仁，於是看上去銳利凶狠。牠沒掛項圈，獸爪像是從未被銼剪過，並且總是散發出某種氣味。她也說不上那樣的氣味是不是好聞，初至這間公寓那陣子，她總會因為白狗的味道分神，但時間久了，好像也就好了。

雖然不曾計算，但她來到男人的舊公寓已經過了許多的時日，太久了，久到足夠愛上這裡。自從身處其中，便告別了所有，她與世界的聯繫剩下男人擺在床邊的發條時鐘。不知年月使她感到相當安全。公寓裡的每個日子總是生得極其相似——她在男人懷中醒來，看見白狗。四周彷彿漫起大霧，或者也像身處厚殼之中，從外側敲來會有鈍鈍聲響的那種質地：厚實、穩重、周全、牢固。

一日之中，她最喜歡這樣的清晨時光。

8:10 AM

此間公寓的格局是常見的一房兩廳，主臥出去便是客廳，旁邊是廚房，裡頭裝有微波爐，用來加熱他每日帶回的便當。至於客廳中央的老電視，男人並沒有把線安上。她曾經按下電視開關，坐上雙人沙發等待螢幕亮出畫面，心中默數：一、二、三、四。但畫面漆黑，什麼事都沒有發生。

她不再知曉公寓外所發生的一切。

男人不常開口，於是她也從沒問過他，白狗究竟是如何來到公寓之中。有過那麼一次，她試圖為牠洗澡。那犬的身長幾乎是一張雙人沙發，她耗費全身力氣才將牠拖進浴室，抱進浴缸。然而那次清洗以失敗收場。白狗最後，在這些日子之中，仍然是披著一身未曾洗淨、糾結成束狀的毛髮，散發著氣味。她什麼都沒能改變。

不過沒關係，時間久了，在此間公寓裡，她與狗與男人，慢慢、慢慢地接受了彼此。當男人離開公寓，白狗便任由她拍撫、輕搔，牠會將自己的頭顱放在她的腿上，而她對牠很輕聲地說話：「你怎麼會在這裡呢？這裡對你來說會不會太小了，嗯？這樣力道可以嗎？舒服嗎？」

她的拇指與食指在毛髮間交疊，摩挲過纏捲糾結處，在她的搓揉之下，那些白而透明的長毛悄悄鬆開。這邊舒服嗎？白狗不說她的語言，但若是按捏牠雙耳後側的凹陷位置，可以聽見牠從喉嚨深處發出呼嚕的呻吟。舒服嗎？這樣是不是讓你好舒服呀？

當然最開始時，不是這樣的。

例如那次，為牠洗澡那次。她連哄帶騙扯著白狗進到浴室，扭開蓮蓬頭、水柱灑下，白狗毫無預警猛然回身，張口便咬。

犬科動物要進行口腔撕咬動作時，鼻翼連動上顎的肌肉全數皺起，上下排犬齒連著牙齦露出、喉間溢出低吠。過去的她曾經在動物節目上見過犬科動物進食，牠們吞嚥肉塊，撕咬咀嚼的動作凶狠而原始。

被白狗攻擊的那一次，是她機警閃躲，所以僅在上側手臂被牠的前爪扯出一條血痕。

就著浴室日光燈，她的皮膚看來慘白，泛出青色。而浴缸之中龐大的白狗齜牙咧嘴，從胸腔之間發出低鳴吼吠，像是挑釁。一雙琥珀色獸眼緊緊盯住她，她看見牠齦齒之間分佈不規則黃垢。聽見低咆的當下，只能奪門而出。

但即使逃出浴室，白狗的嚎哮仍是透出塑膠門縫，環繞整間房間、整座公寓，那樣強悍的攻擊意圖使她渴望逃離，於是開始狂奔，她跑得用力極了——不過當然，終究沒能離開這裡。

男人那時已經離家。每日晨間，準備出門前，他對她說：「不要亂跑，我很快就回來。」

15:02 PM

他與她極少對話，不過確實，男人總在日落以前回來。公寓之中四面有窗，城市天光並不太長。入住以後，白日反覆照亮的都是她與狗的獨處時光。她不再嘗試為牠清潔，逐漸習慣牠的氣味，與牠一同蜷在臥房角落，相互撫摸安慰。有時太過無所事事，便一起沉沉地在地上睡去。

日寐時刻，經常會夢見以前的事——以前、發生在公寓之外的事——當時的她被濃縮於建築與文字之中，總是從這棟建築移動到下一棟，誦讀諸多句型，坐在螢幕前看著外語電影，影印一頁又一頁的文法習題。

當白狗移動身軀的時候，她從那些舊事之中甦醒，聽見窗外雨聲，跟著站起，舒展自己在地上睡到隱隱發麻的關節，意識回歸窄仄公寓。

至於男人在家的時間，白狗就獨自在牆角，把身子圈起成一個窩，而他們，身為人類，必須躺上雙人床，拉起棉被。

白狗總直勾勾地看著他們、或看著她。有時入睡以前，男人翻身爬至她的上方，脫去她的睡衣內褲，碰觸的姿態直接果斷，從背後輕拉她的長髮，調整她的姿勢——自從來到這裡，她便再也不曾剪髮，如今頭髮已經好長、好長——她順著男人的力道被迫仰起臉面，目光向上，黑暗之中依稀看見天花板的輪廓。

舊公寓的牆面久患壁癌，白漆從天花板最角落處開始斑駁，漆末裂脫成屑，彷彿暗暗等候著他們入睡，隨時就要落向臥鋪。而若是全身都被白漆覆蓋，那她或許能夠成為極地的熊，冬眠於大片雪地間。

全身赤裸的時候，很容易冷。膚間立起的雞皮疙瘩讓她想起大狗一身鬆厚飽滿的毛，牠肯定終日暖和吧？她想著那些長毛，因為汙垢油脂而結成一條一束的形狀，垮垮地各自垂落。

利雅（Lia）也總是將髮編起，一小束一小束的。

後來她才知道，那樣人種的髮辮叫作髒辮，因為髮質特殊，為求方便整理才把整頭捲髮編粗。她總是只能在大樓裡的老補習班中見到利雅（Lia）。那間老補習班陰暗，選用的日光燈管讓她太過蒼白的皮膚泛出青色，彷彿殭屍——但棕色的利雅（Lia）看上去恆常溫暖。

商業大樓分層出租，像是便利商店冷藏架上可以隨時微波的三明治，位於六到九樓的中文學習班是失去水份的枯黃萵苣，再往上有巨匠電腦（火腿？）、律師事務所（起司？），一樓門口盯著小電視螢幕中十二格監視器畫面、總會打起瞌睡的保全，大概就是那層加熱以後軟爛變形、沾黏醬汁流出油份、卻仍依稀透明的塑膠包裝薄膜。

補習班裡，利雅（Lia）永遠坐在教室最後靠門的那個位置，有時門沒關上，從她櫃檯的座位看過去，就是利雅（Lia）的黑色捲髮還有細緻的脖頸線條，要是利雅（Lia）轉頭的話，側臉會使鼻翼處顯得尤其寬闊。

利雅（Lia）對她講述句句截短的中文，像是：「助教你好，我想要，今天的講義，謝謝。」

而她會在影印機前複印講義，機器上強光依照節奏規律地閃過。如果閱讀講義，常會使她感覺沒有什麼不仰賴歸類，像是直述主句、多重複句、從屬子句，而利雅（Lia）交回來的作業寫得散落：

「（一）、寧可……也不……我寧可餓肚子，也不願意跟他一起吃飯。」

「（二）、如果……就會……我雖對這個電影沒有興趣，如果你想看，我就會跟你一起去。」

「如果抬起頭來，她就會看見她的眼睛，是金色的，閃閃爍爍，像是琥珀。」她獨自坐在櫃檯，偶爾也練習講義上的句型，同時低頭拿出紅筆，把那些不通順的詞語通通圈了出來。來到公寓以後，她感覺自己終於也有了著落，如果她是那條句子，這裡的一切便是解釋她的文法。

很奇怪的，男人的公寓收有許多文法書，在靠牆的書架上，排序按照語言分類，中文、日文、英文、法文、德文。她在過去來回複印的那些講義，句型編號一二三四，空白處多附有黑白插圖，方形框框中畫有度假中的男人女人，或者正在玩耍的貓狗動物。其實被歸類的感覺應是極其穩當，一切群聚的形式都有其價值。在皺起毛邊的人生裡，她從影印室搬起教材、確認修課名單、開啟所有儀器確認它們運作如常，之後就縮進櫃檯的座位之中。

她看著學生成群地來，喧鬧著各自的語言，唯有利雅（Lia）總是沉默，無法辨別歸屬。

01:57 AM

至今她仍不知道，利雅（Lia）到底是從哪裡來的？

那個時期她夜夜失眠，於是經常在深夜中離開住所，四處遊蕩。不知何時迷戀起便利商店裡窄小的塑膠桌椅。她購買不同口味的調味乳，目光所及皆是矮架上零星的包裝麵包，藍莓貝果、花生吐司、巧克力克林姆、菠蘿與羅宋。在座位裡，她無聊地想像著工廠將空氣逐一填充進塑膠包的畫面。夜裡的便利商店並不安靜，有些老人、流浪漢們來來去去，電動門打開時發出歡欣樂聲，一旁的店員面無表情。

她想自己定居於此城，並不因為什麼，人們偶爾抱怨位於盆地的氣溫與環境、抱怨空氣汙濁且多雨不晴，然而她明白漂浮才是最令人恐懼之事：各處蝸居、沒有生活。

幸好男人出現了。

那又是一場太過清醒的黑暗，她因為失眠再次離開家門，獨自安坐在麵包架前的塑膠座位上，很是突然，上手臂沒由來地被人拉起，她抬起頭，看見那個男人。

拉起她的男人一句話也沒說，動作俐落轉眼她已經要被拖出商店。離開之時自動玻璃門再次歌唱，店員抬頭看了他們一眼，轉開目光。

他們隨後走過大路，繞過小巷，夜裡飄有細弱的雨，她不確定早前的他是如何穿過大半座城市，在那個便利商店的座位之中找到了她，他又是如何確定她不會掙扎？但總之，她確實沒有掙扎。他們穿梭在路上。走了許久以後男人終於停下，從口袋摸出鑰匙。她看見轉角不遠處亮有一盞路燈，燈光底下一叢飛蚊不斷盤旋，像是從光中落下的黑色顆粒。然後她聽見老舊的公寓大門被用力推開的聲音，男人扯著她，爬上一層又一層的階梯。

就這樣，那個深厚的夜晚，她被帶進了這棟建築，路燈下的飛蚊是外面的世界留給她的最後一個印象。

這棟建築每一層樓各有兩戶人家，三樓靠左的鐵門兩側貼有春聯，已經褪到稱不上紅色：「春來天賜房中福，喜至人添錦上花」。

被拖曳的途中，她記得自己認出這是平起句式，平平仄仄平平仄、仄仄平平仄仄平，一三五不論，所以天字平聲仍然可以放在句中。這是一對沒有錯誤的句子，她想。同時他們一路朝上，並不說話。五樓靠右邊的門便是男人的公寓的入口，他解開兩道門鎖，因為另一手正緊緊鉗住她的手臂，他以單手所進行的動作看上去有些笨拙。進門以後，男人仔細周全地從內裡層層落鎖，由外到內，杜絕了一切。

她看著他的動作，內心突然湧上憐愛，就連自己也無法解釋為什麼。

進門，落鎖，然後男人回過身來，甩了門後的她一個巴掌。掌聲在黑暗中聲音清脆響亮。她被推進他的臥房，摔倒在蓬鬆柔軟的床被中，男人隨後欺身而上。

如今想想，她已經不太能夠確定自己當時是否感到害怕，應該是的，是要這樣才對。然而主要是：在窄小公寓裡被男人擺弄之際，她瞥見了蜷於角落的龐大白狗，那雙琥珀色的雙眼在暗中獨自戒備著。她主要記得的是：那是她與牠的初次相遇。

白狗一向都是冷靜地看著的，在房間的另一端，窗戶下方的角落裡。那個牆邊什麼都沒有：沒有軟墊、毛毯或者玩具；亦不放置雜物，於是房間割據出一個屬於牠的小小空間。牠時常看著他們，用牠漂亮而疏離的眼睛。當男人離開公寓踏入城市，大狗便試探地起身，踱步於對牠而言太過狹隘的公寓之中，很奇怪的是，據她觀察，牠從來不曾碰撞出聲。而牠在她手臂上劃出的瘀傷早已消退，沒有留下任何疤痕。

公寓的日子流逝沒有聲息，她的皮膚變得比過往任何時刻都還要透明白皙，如果將手指舒張於燈管下，紫藍色微血管錯雜浮現於指節之間，遍佈在皮膚表層成為一面網，似乎是只要小心翼翼地用鑷子勾起破口，便可以輕而安靜地，把一整片的皮膚都撕起來。

11:47 AM

白日的公寓裡，她與牠意識彼此——有時光線從玻璃透進，近窗處擺有常青盆景，若是想起，她便給植物澆水，順便自己也倒點水喝。開水入口吞嚥有聲、隨後必須排尿於是走向廁所；也可能都沒事了，躺倒沙發，翻動書頁；諸如此類——只要發出動靜，白狗馬上會敏銳地從自己的位置抬頭，雙耳豎起，安靜的琥珀色雙眼跟著她移動。即便坐上馬桶，尿液流瀉，潺潺水聲，她都能夠無比確切地感受到，塑膠門外牠的視線灼灼炙熱。

她也曾經緊緊盯住利雅（Lia），試圖尋找足以將她分類的線索或是痕跡。語言的散落有其規則，被撿拾即為最終目的，她曾經憑恃這套技巧生存於人群當中，例外的發生使她相當困惑。

利雅（Lia）從來就只獨自一人踏進補習班、再獨自離開，她給出的名字像是隱藏著什麼的縮寫、又像過於親密的暱稱；當她開口，說的只會是不夠流利的中文；口音與長相都過於廣泛，無法確定她從哪來、又將會屬於哪裡。即使她細細閱讀利雅（Lia）每週交來的週記，仍然缺乏線索：

「我與我的愛人分離，好長的一段時間。我們屬於不同的所在，我想我的愛人已經不能愛我了，因為她跟有了別的人外遇。最近，我不能睡、不能吃，走路時是很痛的，也不能活，我是非常痛苦的。」

利雅（Lia）是非常痛苦的嗎？她始終沒能看得明白，至今依然。只記得她將編成束狀的髮辮攏上頭頂，變成一叢碩大的馬尾。在教室後端的燈光下，頸脖顯得光滑明亮，那身膚色都是棕色的。要是在搜尋引擎中鍵入一些關鍵詞，像是「棕色人種」，會得到這樣結果：

「棕色人種是人種和族群分類法中的一個項目。如黑人和白人一樣，它是基於人類膚色的人種術語。它用於描述南亞、東南亞、北亞、大洋洲和拉丁美洲和（含拉丁裔美國人）的各種人群，也常被用來描述北美洲和拉丁美洲的原住民。」

在網頁中甚至附了一張世界地圖，附有小字寫著：

「洛斯羅普．斯托達德在《有色人種與世界最優白人對立的上升趨勢》（一九二〇年）中繪製的全球人種圖，其中棕色區域標示棕色人種。」

維基百科真好。更進階的區分像是歷史定義、注釋與引用，她全都閱讀得極熟，那些句子像是符咒——無事時勤勞背誦，便覺得心安。利雅（Lia）沒課的時間，她坐在櫃檯，一面幻想著利雅（Lia）的膚色如何輕易地為這座陰雨之城加溫，一面反覆默寫句子。她以小字，將維基百科的內容抄寫在要被拿去回收的廢紙上頭。

16:34 PM

男人要她不離開公寓，於是她再也不曾見過利雅（Lia）。

有時在客廳裡，她看著大門，鐵製鏈條安靜垂落於門鎖左邊，男人歸來之時總是不忘將其掛上，而她唯一的一次脫逃——就是那次，白狗於浴室塑膠浴缸之中憤怒咆哮，她過於驚慌所以出走的那次。那時她一鼓作氣逃向公寓大門，瞬間轉開兩道門鎖，打著赤腳踏過一階階一層層的樓梯，腳掌觸及磨砂碎石地面，踩起來是沙沙的觸感。說來奇怪，要離去是如此輕易且迅速的一件事情。經過三樓時她猛地絆了一下，趕忙抓緊扶手好險沒有摔傷，手臂上側被犬爪劃過之處隱隱作痛，一抬頭望見的是靠左人家、門前掛有的平起式春聯。

「春來天賜房中福，喜至人添錦上花。」

她沒有停留、沿途拐彎狂奔再拐彎再狂奔，呼吸急促吸吐轉瞬之間就要到達出口。

她真的，在當時，就要離開。離開的話便會到達建築的外層，她曾經生活過的那個地方。當她停下，面前已是老式公寓的鐵製大門，右側有著十格信箱，每格都各自連接著外邊的投遞口，終點即是彼方。鐵製大門的內部門鎖不過是個銅色圓形按鈕，按下抵著就可以開門，那門該是有點重量，她想，必須用力才行，並且伸出了手。

然而身後聲音響起。啪咔、啪咔、啪咔。

還來不及反應，白狗已經來到身後。

在身後的白狗，以頭首處頂著她的臀部，發出咽嗚，輕輕叼起她的手掌；她注意到狗的頭骨弧度圓潤、白毛較短，露出牠的眉頭與眼，而這一次，犬齒並沒有打算咬下。

那樣低頭討好的姿態，幾乎可以算是一種道歉。她將手輕輕地放上牠的頭頂，順毛撫過，白狗發出呼嚕嚕的聲響，與方才的咆哮是全然不同的語言。於是她就心軟了。她想，那口犬齒、那些犬爪都這麼尖銳，牠即使憤怒，卻也不曾再次逼近、發動攻擊，她知道自己的傷口稱不上嚴重。於是她便讓牠領路，在出口轉向，轉身慢慢走回了五樓的公寓之中。

回到公寓，她發現自己倉促逃離的時候忘記關門。於是便學著回到家的男人那般，把門鎖仔細帶上，接著與白狗一同窩進屬於牠的小小角落。剛剛在浴室一鬧，他們如今都同樣地濕透，於是她脫去自己的衣服，周身赤裸地盤坐在地，背脊靠牆，白狗隨她一起趴下，牠把頭顱放上她的大腿，讓她的心感到無比豐盈、無比柔軟。她以自己所擁有過最輕柔的力道，拍撫牠一身的溫暖長毛。

後來的她，便是用這樣的姿勢跟白狗說起關於利雅（Lia）的事。

在男人離家以後，她便把他買來的衣服脫去，摺好，疊在床腳，赤腳走過房中木質地板，坐下，與狗相擁。狗的氣味太重，她於是養成習慣，習慣在一天結束以前，趁著男人尚未歸來，前往浴室洗淨自己。

她的世界剩下兩種顏色，白日是狗，夜晚是他。

17:33 PM

她已經與白狗說了許多，這天正好說到了利雅（Lia）的週記。

「她說她很痛苦，你知道嗎？」白狗的眼睛大而明亮。

「我們這些助教改週記要用紅筆，除了錯字，還要挑出文法有錯的地方，改成通順一點的句子。」說話的同時她搔著白狗的後頸，牠呼嚕嚕地發出輕吟。

「她通常不怎麼寫錯字，有的字，筆畫順序會看起來很怪，但都沒有寫錯。只是她的文法很混亂，副詞的用法也很奇怪。」她的手來到白狗的腹部，指腹輕抬，狗的身軀隨之往上挪了一些，無毛的腹部坦露得更多，於是她搔按得更下方。

「但我不懂，她說她很痛苦、她說她的愛人在遠方。」白狗腹部最末端，連著牠的陽具。

「那她為什麼要來到這裡，為什麼要在補習班，學習另外一種語言？」這時白狗突然翻身而起，爬到她的身上，牠的白色長毛一來一往，搔癢著她裸露的皮膚。

「誒，你不要鬧了，嗯先等一下啦我還沒有說完。」

「你在幹嘛啦，你不想聽了嗎？好了，不要急，慢慢來、你慢一點來，舒服嗎？嗯？舒服嗎？這樣是不是好舒服呀？」

白狗沒有聽她說完利雅（Lia）的故事，她後來不太確定地想，牠彷彿是在嫉妒。

她因此來不及告訴牠一些細節與片段，關於利雅（Lia）的週記。一次改完作業後，出於某些說不清的原因，她故意不將利雅（Lia）的作業簿交回。或許她是想要自己親手交還給她，或許，她也不是那麼確定。

她把那本簿子放到櫃檯座位下方的抽屜中。電梯門響，利雅（Lia）獨自走進老補習班，她們對上眼神，向彼此輕輕點頭。

利雅（Lia）表情的浮動幾乎可以算是一道微笑，而她應該要叫住她——喊她的名字，再從抽屜取出筆記本，遞到她的手上。但是，之後應該如何？修課名單上屬於利雅（Lia）的欄目是這樣寫的：

「利雅（Lia）」

沒有標註國籍、生日，以及其他。於是她不知道如何定奪：How are you? Ça va? Comment allez vous ? (Tu vas comment?) Wie geht es dir? 所有語言閃現於利雅（Lia）即將就要轉向教室的面龐，她有著黑色長髮以及棕色臉頰、細瘦的身板，高挑並且健壯；而她只能於自己的座位中將背脊挺直，慌亂並且渴望，時間之於此刻太過銳利，語言終究匱乏。

可是，同樣不知道為了什麼原因，利雅（Lia）在踏進教室以前，突然再次回頭，看向櫃檯、看向她。

利雅（Lia）的目光朝著她悄悄流溢，彷彿正在傾聽什麼。為什麼呢？她想，她為什麼要回頭呢？是不是聽到了、聽懂了一些什麼？便是在那樣地一瞬之間，她終於看進了利雅（Lia）的眼底，琥珀流金似地波光顫動，她想：她與她必定都是非常困惑的人。

「我是非常痛苦的。」利雅（Lia）的作業這樣寫。究竟是怎樣地痛苦呢？她不確定利雅（Lia）在自己的眼中會看見什麼，只是突然感到雙頰燥熱、脈搏猛動，然後是一股深深的恐懼。

她搶先對利雅（Lia）開口，她說：「你好。」

接著利雅（Lia）輕輕地回覆：「助教，你好。」

利雅（Lia）的中文口音難以判讀，聽不出唇舌過往習慣發音的位置，至少在她還來不及分析的當下，利雅（Lia）已經轉身，走進教室。

那是她與她最後的一次見面、一次對話。利雅（Lia）並沒有為她留下更多痕跡，至於她在作業簿中寫下的那些文字，那些生疏的符號嫻靜而隱密地，被她放置在補習班櫃檯的抽屜之中，她知道自己已經離開太久，久到不會再有人試圖過問利雅（Lia）的作業簿、久到或許連利雅（Lia）都已經離開。

此刻公寓裡的白狗沒有語言，牠不知怎麼地改變姿勢伏到了她的身上。我好累呀，她想，我不想再回到那個地方了。於是她伸出雙手，擁抱白狗與牠一身白色的長毛，這樣平實、恍惚，似乎很安詳地，在白日裡，她再一次睡了過去。

21:50 PM

夜又至，這一夜的公寓似乎有些什麼不太一樣，說不上來。近日白狗總是不肯讓她說完利雅（Lia）的故事，於是故事沒被說完的利雅（Lia）像是幽靈，在公寓四周她都能見那道最後拋來的目光。男人傍晚時分回到公寓，不停地發出聲響——他飲食、排泄、走動，全都不夠輕巧，過程之中白狗反覆受到驚擾，總是從角落中抬頭，緊蹙眉頭像是對男人感到不滿，接著牠的目光轉向她，緊盯著她。

今夜的她有些狼狽，幾乎就要開口叫牠收斂一點，不要再看了。

她似乎是遺忘了什麼，想不起來。這個男人活得按表操課，按時食畢買回來的便當，洗過碗筷，自顧自地盥洗熄燈。她與他，作為兩隻人類，一如往常地躺上了臥室中央的雙人床。男人在被窩底下欺身靠近，她依照習慣轉身，這是他們向來的睡覺姿勢，可她突然就在自己身上聞見了白狗的味道。

她發現自己忘記什麼了：她忘記在男人回來以前洗澡。

男人回到公寓時，確實是奇怪地看了她一眼，但她沒有留心，她還沉浸在利雅（Lia）未完的故事裡，接著男人從衣櫃中翻找出買給她的衣服，沉默地為她穿上。他的手指在她的胸前，把鈕扣一顆顆扣上，是她太過心不在焉，疏忽了這一切。

如今男人的手指正重新一顆顆地解開鈕扣，手掌慢慢探進她的胸口，撫摸過她的鎖骨、乳尖、乳房。因為他的手掌微涼，於是她感覺到冷，當他動作一路向下，白狗的體味在她的身上越發明顯，她不明白，他怎麼會什麼都沒有感覺？

或許他只是沒有發現？畢竟他的動作是他們的習慣。當她初次到來這座公寓，男人首先給了她一個巴掌，把她推倒在床上，從那之後，她便不再反抗，日積月累，養出了他們的習慣。

她不反抗，他其實也並不是個暴躁的人。

但是此刻，她身上的氣味那樣明顯，反覆提醒著牠就在牆角、觀看一切，想起牠的眼神有著流金般的光芒，這幾乎就是一種背叛。

「不要。」她開始與男人說話，他沒有聽懂，或是沒有聽到。

她逐漸推拒，將他的手掌從自己的身上拉起，雙腿踢動，逃離他的壓制。棉被在掙扎之間被她揮去，氣溫又再更冷了點，她聽見白狗發出低低的嗚叫，她知道牠還在看，因此扭動得更加用力。一個反手之間，男人被她推開，羽絨被散落床底，她露出的皮膚泛起雞皮疙瘩。男人錯愕地，在床的另一側看向她。

「我說，不要。」

這不是她的作風，她從來不會這樣大聲地說話。黑暗中她隱約看見，床底角落的白犬從趴姿改為坐姿，牠果然正在看。她就知道，所以她並不害怕。

可惜男人沒有同意。他很快地回過神來，雖然仍舊不發一語，但拳頭瞬間襲至，快速且精準地落在她的腹部、胸口、臉頰，她因為他的力道而向後倒去，跌至床底，就摔在床與衣櫃中間的窄小通道上，白狗每日早晨輕巧走來的那個地方。男人從上方抓起她的頭髮，將她扯回床上，然後他跨坐在她之上，一手緊緊掐住她的頸脖。

頭髮被扯住的時候，除了頭皮，她還感覺到自己眼角的牽動，原來當頭皮像這樣被用力拉緊，力道會一路蔓延到太陽穴與眼角，她的雙眼瞇起，視線變得狹窄。

臥房之中從來不曾有過這樣吵鬧的聲響，除了男人拳頭落下的聲音，她的喉嚨深處也傳來質地沉重的哀嚎。自己原來能夠發出如此的聲音，過去的她並不知道。她接著想起被自己拖進浴室裡的白狗，當時的牠也從腹部深處發出嚎叫，當時的白狗也疼痛如此刻的她嗎？她還是不知道。她在心底不著邊際地回想著這些事情，而男人的手不曾停下，疼痛隨著思緒層層累積，她的眼前慢慢泛起血的顏色，使得後面發生的事都彷彿被一座碩大的紅霧所覆蓋了。

朦朧之間，房裡又多出了一道聲音，是白狗的吠吼。牠叫得無比用力，那麼大聲，像是整座房間、整個世界，都充滿了牠。再接下來，很突然地，她不再感到疼痛了。

這一夜的她失去了時間，失去了愛情。眼前一片模糊、周身疼痛、雙耳耳鳴，於是有許多事情，都記得不太清楚了。

這一夜以後，她再也不曾見過男人，以及白狗。

錯斷的記憶中，白狗吠叫了許久過後，臥房裡很突兀地變得擁擠起來，她聽見撕咬的聲音，感覺到男人的拳頭慢了下來，重量卻沒從她的身上離開。有長長的毛髮撫過她的皮膚，即使皮膚緊繃發熱，她仍舊認出那是白狗，是白狗在為她攻擊男人，而她癱倒在床上，什麼都沒能看見。

後來她也沒能聽見敲門的聲音，然而公寓裡不知覺間充滿了許多的人。那些人把他與牠從她的身上拉開，再將她從床上拉起，他們拍打她的臉頰，向她說出許多話語，把她帶離了公寓。

那些人為她披上衣服，動作就像男人為赤裸的她穿上睡衣，他們牽著她爬下樓梯，經過三樓時，兩側貼有春聯的門打開了一條細縫，有人站在門後，緊蹙眉頭向外探看。接著她與那些人終於來到公寓的出口，他們為她按下按鈕、推開大門，當她邁步跨出那一道鐵製大門時，再一次看見了街角幽黃的路燈。

原來外面這樣冷，她想著，我該回家了。

她不小心把話說了出口：「我想回家了。」她說，反覆地說。

那些人回答她，不要害怕，你已經安全了，之後就能夠回家。她想告訴他們，她不害怕，她只是累了，她疲憊、疼痛、渴睡，她需要回到那間公寓，回到白狗的身旁。可惜他們不再聆聽，很快地將她送去遠方。

*

那些人後來又糾纏著她好一陣子，詢問她許多問題，但她彷彿失去了語言，總是回答得破碎支離，幸好他們不太在意。

同樣是在那些日子裡，她經常能在新聞上看見關於自己的報導。報導裡有些字眼與句子被反覆使用，像是「被監禁的女子」、像是「男子遭反擊而死」。第一次讀到時，她想，原來白狗是真的有殺人的能力，在浴室裡那一次，她手臂上的傷勢確實是因為牠輕放了。可是沒有報導提到白狗。他們只說，男人早是慣犯，在性與暴力上有過許多前科，她聽見他的罪行被逐條朗讀，對此總是感到非常困惑。久違地，她想要再次拿出紅筆，將這些字句全數圈起，改成通順且正確的文句。

然而再更長更久的一陣子，所有事情都已結束，城市中的人們再一次遺忘了她，她再一次回歸到夜夜失眠的日子。

每當黑暗降臨，只能夠獨自躺在床上，看著天花板，感覺到喉嚨深處的虛空。偶爾艱難地入睡，卻總是有著混亂繁雜的夢，夢中似乎經常見到白狗，牠的眼睛仍然無比的明亮，轉醒之時，世界的質地不再讓人安全，她知道自己非常非常想念那間公寓。

最後，一個夢醒早晨，她離開床與居所，走過城市街道，來到了曾經熟悉的老補習班。高樓建築仍然聳立，日光燈在入口處看來一如記憶中慘澹，而她發現，雖然門外的招牌依舊搖晃晃地掛著，補習班卻已經消失。

她不認得一樓的保全，不過此刻的保全和她記憶中的保全，全都深埋在一台小小的電視之前，深沉地熟睡。保全面前的螢幕閃動著被分割成小格的監視器畫面，那些畫面不時跳躍、切換。這是她久遠以前的日常，但具體到底是多久呢？已經無法計算了。

走過櫃檯，搭乘電梯，抵達補習班的樓層，她看見大門已經被拆卸開來，空蕩蕩的內室遺跡一覽無遺。

曾經被隔成教室的房間如今還擺有桌椅，日光從窗口照進，在地面上，每個座位都拖出一條長影。教室外的影印機已被搬離，磁磚地板上落有些許白紙，彎腰撿起，上頭印有許多中文習題，仍然是數種句式的練習，答題處皆是空白，還沒來得及被人填寫。

教室外的櫃檯長桌不知為何被留在原處，椅子卻從座位中消失。過去的她總是坐在這張長桌後方，在名單上劃出記號、批改零星作業，要是前方教室的門，像此刻一樣的敞開，那麼只需要抬起頭，便能夠看見利雅（Lia）一頭束起的髒辮又粗又長，隨著她的姿勢輕輕擺動。以及利雅（Lia）溫暖的膚色，還有她正住握筆，專注望向前方的表情。

走進角落長桌的座位，她彎腰拉開抽屜，其他雜物都已經清空，一本作業簿卻靜靜地躺在裡頭，上頭寫有歪曲的署名：「利雅（Lia）」。

利雅（Lia）的作業簿就這樣被她，或者被誰，給遺落在這邊，成為廢墟的一小部分。

好悲傷啊，她想。

此刻的利雅（Lia）在哪裡呢？她是不是依然痛苦徬徨？

一邊想著，她一邊在櫃檯的後方脫去衣服，仔細疊好，然後慢慢、慢慢地坐了下來，將身軀蜷起，成為一個窩。此時正是白日，但窗外總是有雨，於是光線顯得遙遠，內室並不明亮。而她獨自一人，赤裸地縮在大樓中被廢棄的角落裡，閉起雙眼，回想著利雅（Lia）以及白狗，空氣前所未有的凝滯沉穩，她似乎隨時可以睡著。

「我回來了。」

話語被輕輕地說出聲音，細碎的聲響飄蕩在無人的空間之中。她深深地知道，自己將再也不會離開。

姊姊

今天我過生日，二十二歲，大學快要畢業。月經晚了三天沒來。

老闆娘為我留下一塊蛋糕，在店裡打烊以後，老闆、老闆娘、有排班的同事們，一起替我唱了生日歌。

我提著吃剩的蛋糕從店裡走回老公寓，公寓是租來的，在五樓，沒有電梯那種。除了我還有室友四人。她們不知道我今天生日，我們不熟。

洗澡以前，接到阿姨的電話。

阿姨問我週末有沒有時間回家，可以的話要提前說，她好去買菜，幫我準備生日餐。

我說，我看一下。走到日曆旁邊確認日期，今天是星期三，週末沒有排班。確認以後我告訴她，好。我說，我會回去。

然後我去洗澡。

新買的洗髮精有薄荷的氣味，包裝上的說明強調它的去屑功能。搓揉頭皮的時候，會感覺到頭頂涼涼的。因為最近夏天，所以涼涼的洗起來很舒服。我把頭洗了兩遍，然後護髮，洗臉，洗身體。

在浴室洗澡的時候，睿睿偶爾出現，我通常不理他。

我把澡洗完，從浴室出來以後沒吹頭髮，先吃帶回來的蛋糕。蛋糕是巧克力口味。

我是出生在夏天的人，我出生在二十二年前的五月，但我不喜歡夏天。因為我畏懼蚊蟲叮咬，經常看到螞蟻爬過桌面，皮膚就癢了起來。流汗的時候，也不舒服。

皮膚滲出汗水，老是讓我以為自己是一隻青蛙。那時的我尤其討厭自己。而且，黏膩的肌膚表面總會慢慢慢慢泛起紅斑，一塊一塊的，很癢。

那是汗疹。媽教過我，在我小時候：長起來的時候，趕快去洗澡，洗乾淨，然後擦乾身體抹痱子粉。

為了省電費我總是忍耐到睡前才開冷氣，於是才洗完澡沒有多久，皮膚又泛起熱氣。我剛剛洗完澡出來，忘了在身上抹痱子粉。媽說過，洗完抹了痱子粉，皮膚就會好起來。

想到媽，我又去看了日曆，看一看，然後算一算日期。

距離阿姨告訴我的時間，到現在，已經過了五年。所以我大約是十五年沒有見到她了。

十五年，聽起來好久。

*

今天上班，我告訴一起站班的盈子，我的月經晚了一個禮拜沒來。

盈子偷偷地笑，她說，你跟阿杰，你們有用保險套吧，外射還是很危險喔。

她停了一下，又說，雖然很刺激啦，也比較有感覺，我懂。

我聽了不太高興，因為我不是這個意思，盈子誤會了。於是我告訴她，這跟那個沒有關係。

盈子聳聳肩，然後說，那你再觀察一下，一直沒有來的話要去看醫生。

她說，催經藥蠻有效的，我之前有去拿過。

盈子經常在店裡說起自己進出婦產科的故事，一副很習慣的樣子。我於是想到其他人，他們會在盈子不在的時候，偷偷說起她墮胎過很多次的事。但其實，沒有人真的知道盈子去婦產科幹嘛，她從來都不說清楚，搞不好只是去做檢查。

盈子不死心地重複，但還是真的有可能啊。她指著肚子。她說，世界上沒有完全有效的避孕方法欸，你知道吧？你有沒有算時間啊？

我說，真的不是啦。

可能我們說得太大聲了，櫃檯旁的客人突然就瞪了過來。盈子翻一個白眼，瞪了回去。

*

週末的時候，我搭客運回家。

阿姨看起來很高興的樣子，她煮了很多菜，甚至炸了豬排。我沒有告訴她我有點想吃牛排，因為阿姨家裡不吃牛。

我也沒有告訴她，自從上大學以後，搬到外面，我就偷偷開始吃牛了。我覺得牛很好吃，雖然我吃得不多，因為牛肉很貴。

餐桌上的菜很快吃完。很好吃，阿姨廚藝很好。吃完飯之後，叔叔拿出紅包，上頭寫著我的名字，阿姨說，還有蛋糕。她從冰箱端出蛋糕，在蛋糕上插了蠟燭，蠟燭寫著22。

阿姨買的是起司蛋糕。我又跟他們再唱了一次生日歌。然後許願，吹蠟燭，一起切了蛋糕吃。最近的我吃了好多蛋糕。

什麼都吃完了以後，叔叔說他去外面抽根菸。起身時他給了阿姨一個眼神，那個眼神讓阿姨的表情變得有一點尷尬。我認得那個表情，看著她的臉，我已經猜到她洗碗的時候會對我說些什麼。

然後洗碗的時候，她說，今年已經是第十五年了。我說我知道。

她又說，你爸爸今年就會出來了。我沒說什麼，但我其實也知道。

她再說，如果你想見他們，我會幫你聯絡。這時候我說，沒關係，我沒有想，現在這樣很好。

洗碗的時候，我跟阿姨平行站在水槽前，我轉過頭來看著她，但她專心看著水槽還有髒碗。

我說，其實我已經想不起來，他們長什麼樣子了。

我沒有說謊，應該不算說謊，我希望自己可以聽起來更肯定一點。阿姨還是看著髒碗，然後彷彿是對著那些髒碗說，你再想想看，考慮一下，好不好？

我點頭，但不確定她有沒有看到，所以我趕緊開口，說好。然後阿姨的表情看起來似乎比較不尷尬了一點。

＊

在阿姨的家裡，我有自己的房間。一個人睡一整張的雙人床，很舒服。房間裡，老舊的木頭地板上，覆蓋在表面的塑膠膜已經脆化很久了。有時候無聊，我會趴在地板上，一點一點，把塑膠膜片從地板上摳起來。

摳那個膜片要很有技巧才行。得先用指甲把塑膠的一角撬起來，再很小心地，很緩慢地，把一整片撕起來。

小時候剛住進阿姨家的那一陣子，大床讓我睡得很不習慣。半夜睡不著，我會抱著枕頭和棉被躺到地上。那些翹起來的塑膠片，有時候就刺到我的手臂或者脖子後面，感覺很癢。

那種感覺有點像睿睿在叫我，他以前會用指甲抓我的脖子。

睿睿曾經在被子裡對我說：「姊姊我怕，我想回家。」

他的聲音很小，鼻音跟奶音混在一起，每個字都很含糊。我聽不出來他是不是要哭了，但我希望他不要。

我們睡在同一條棉被裡，爸爸媽媽就在旁邊。他們兩人都打呼，很大聲，很容易吵醒睿睿。如果睿睿被吵醒了，他就會再叫醒我。

我和睿睿的舊棉被表面起了很多毛球，枕在臉頰上，是很粗糙的觸感。睿睿叫我的時候，我總是很睏的。

有一天晚上，我好像很隨便地問過他。我說，你的家，長怎樣？

他隔了很久才回答我。

他說，我的家很亮。

睿睿沒有說話的時候一直都是醒著的，我知道，因為棉被的另外一角被扯得很緊，但我沒有辦法更專心地對待他，因為我真的太睏了。

再次睡著以前，我聞到他身上有跟我一樣的沐浴乳的味道。

剛剛爸爸幫他洗過了澡。而我是跟媽媽一起洗的。我們用同一罐沐浴乳，於是味道聞起來一樣。

那個味道讓我安心。一安心，就更睏了。

我沒有要睿睿不要怕。我常常什麼都沒來得及說，就睡著了。

*

我因為煞車而醒來。

回程的時間選得不好，路況很差，客運的車速好慢。有時開著開著，甚至直接在高速公路上停了下來。透過隔熱窗紙，高速公路外的景色都變得顏色混濁。那些樹、田、鐵皮屋，都蓋上了一層褐色。

發車後沒有多久，坐在旁邊的男人突然對我發問，他說，小姐，不好意思，能不能把窗簾拉上。我點頭，把那些髒髒的景色蓋了起來。

離開家以前，阿姨幫我打包很多吃的，裝在大袋子裡，提醒我回去冰起來，要吃的時候用微波爐解凍，或是用電鍋蒸，都可以。

我的食物常常在冰箱裡放著放著就不見了，但我沒有告訴她。

我跟阿姨說好，謝謝阿姨。此刻袋子被放在客運下層的行李艙。我有點擔心車子開開停停司機一直急踩煞車，阿姨的食物會被撞爛。不過反正，我也不一定吃得到。

我已經睡睡醒醒好幾次了，客運還沒有下交流道。

兩張窗簾用魔鬼氈黏在一起，中間沒黏到的地方，會有縫隙。傍晚的陽光透過窗簾的縫隙一下、一下地照到座位上。坐在我旁邊的男人在睡。有陽光的時候，他會不自覺地皺起眉頭。

我最後一次醒來後，就再也睡不著了。客運的引擎聲轟轟作響，整車的人都很安靜。

突然男人的手機響起，他從瞌睡中驚起，接起電話，電話裡傳來很清晰的聲音。有個小女孩在另一端對著他大喊。

電話裡的小女孩說，爸爸，你到哪裡了。

我看了他一眼，男人正用手掌蓋住話筒，小小聲地回答他的女兒。他說，快到了快到了，再等爸爸一下好嗎？

*

今天值班的時候，我站在櫃檯前，感覺到肚子慢慢地漲起，好像有什麼東西正往下流。我以為是月經。

我問珠，你有衛生棉嗎。珠站在櫃檯另一邊，突然之間表情看起來奇怪，有點像是阿姨想跟我講爸媽的事。
我又問她，怎麼了嗎？
珠沒多說，她問我，你月經來嗎？我說對。
她從下層置物櫃裡拿出一片衛生棉，遞給我，上面印有小紅碎花的圖案。我跟她用不一樣的牌子。
珠低著頭，沒再說話，我也沒有。我去了廁所，反正現在沒什麼客人。感覺錯了，月經還是沒有來。晚幾天了呢？我想算，可是有點算不出來。
我在內褲上貼好衛生棉，走回櫃檯，站回珠的旁邊。
平常的珠不愛向值班的人搭話。不過現在的她突然小小聲地說，盈子之前告訴大家，你可能有了。
我轉頭看她。她用手在肚子前面比了一下。然後珠說，不過我沒有相信她，真的。
我沒有說話。
珠小小聲地繼續說，她那麼賤。

我於是也小小聲地講話，像珠一樣。
我說，對啊，她超賤的。
珠沒有再多說什麼，她對著空氣翻了一個白眼。
我沒有告訴珠，我的月經還是沒有來。

*

今天回到公寓時，阿杰已經等在門口。他很生氣的樣子。女生公寓不能帶男生進去，所以我們站在一樓，大鐵門的旁邊。機車停在前面的人行道上，停得滿滿一整排。
我問他，怎麼了。他結結巴巴的，要說話又不說話，我聽了一陣子才懂。他也聽到盈子在店裡流傳的話了。
我告訴他，我沒有懷孕。
他說，真的嗎。
我說對，你知道我不會懷孕。

阿杰又結巴，他說，我，我怎麼會知道。

然後我才真的聽懂他的意思。他的意思是，我可能會跟別人在一起，可能會懷孕，是別人的孩子。我很生氣，推了他一下。他說，幹你衝三小。

我說，我要上樓了。

阿杰想要抓住我的手臂，他沒抓好，抓到了肩膀。指甲劃了過去。有一點痛，但我沒理他。

*

我跟媽說，睿睿在我睡著的時候用指甲抓我，抓我的脖子還有耳朵。媽媽把我的頭髮撥起來。因為睿睿一直抓，我的脖子上有著紅色的痕跡。

爸很生氣，他問睿睿說，你在幹嘛。爸講話很大聲，總是很大聲，睿睿聽了，就開始哭。

爸爸又說，不可以抓姊姊，知不知道，不可以抓。睿睿說，我想回家。

我本來也在哭，因為我的脖子會痛，我一邊哭一邊跟媽媽說話。但是後來我就不哭了。我聽見爸對睿睿說，不准亂說話，這裡就是你的家。

爸爸把睿睿帶到浴室，有聲音從裡面傳來。而媽媽拿出面速力達姆，她幫我擦藥。

媽媽的手很輕，藥膏涼涼的。感覺很舒服。

我遠遠聽見浴室裡的聲音，爸很用力在罵人，還有打人。睿睿一直在哭。

＊

媽媽跟我洗澡的時候，她抓著我的手指，要我搓自己的妹妹。她說，這邊要洗乾淨才行。

她還說，不能讓男生碰到你這邊，知道嗎。我說，知道了。

我注意到她的胸部很大。於是問她，為什麼我的不是這樣？

她說，等你長大就知道了。然後又說，這邊，也不能讓男生碰到，知道嗎？

媽的意思是胸部。我說，知道了。

＊

後來阿杰打給我，他說對不起，我不應該懷疑你。

我沒說話，然後阿杰在電話那端，不知怎麼就哭了起來，一聲聲啜泣，聽起來充滿委屈。所以我對他說算了，我對阿杰說沒有關係。

只要阿杰跟我吵架的之後幾天，他通常會對我很好。

就算是沒班的日子，他也來到店裡，在休息室裡等我結束，我結束之後，再陪我走回公寓。盈子如果在旁邊，看到了，會瞇著眼睛說，好好喔，我好羨慕喔，我也想要男朋友。

我不理她，最近我都不太理她，但她好像也沒有差。

到了公寓門口，因為阿杰不能上去，所以我們就站在門前，說一點話。場景就像他來質問我的那天一樣。不一樣的是，在告別之前，阿杰跟我會接吻。

嘴對嘴不一定是濕的。如果阿杰沒有伸出舌頭的話，那就是皮膚相碰、按壓、來回摩擦的觸感而已。沒有伸舌頭也很好，我覺得很溫暖。

爸跟睿睿也有嘴對嘴過，從浴室出來了之後。

出來的時候睿睿躺著。他是被爸抱出來的，爸把睿睿放到地上。

他問媽說，怎麼辦？

媽說，你到底在幹什麼。

爸說，現在要怎麼辦？

媽說，我怎麼會知道。

爸說，怎麼會這樣？

他們講一講，睿睿還是躺在地上。我坐著、看著他們，就坐在我跟睿睿的床鋪上。

後來爸把手放到睿睿身上，壓一壓，又把嘴貼到睿睿嘴上。

那是我第一次看見人們嘴對嘴的樣子。是在以後，學校上了課，我才知道，那叫人工呼吸。

爸第一次人工呼吸成功了。睿睿醒來，醒來沒有多久又開始哭，又在說著想要回家。爸還是糾正他，對他說這裡就是他的家，但那一次，爸講得比較溫柔，難得沒有那麼大聲。

睿睿哭一哭又睡著了，睡在我的旁邊，我們的被窩裡。我記得那時的自己有點好奇，好奇睿睿的那一個家，到底是什麼樣子？爸媽為什麼不讓他回去？

*

盈子今天跑來問我，她說，欸你最近是不是在生我的氣啊？

我沒有講話。

她又說，你聽阿杰他們說了喔？我說你可能懷孕的事？

我還是不跟她說話。

她繼續說，你不要生氣嘛，我只是問會不會懷孕啊，誰知道他們亂傳成這樣。

盈子聊天不注意音量，已經被老闆娘罵過很多次了，但她還是沒在注意。我看見有些客人受到干擾，抬起頭來望向這邊。但盈子還在說。她說，會這樣想很合理啊，而且阿杰人那麼好，就算真的有了也不會怎樣吧，你剛好要畢業了，他又不會不負責。

最後她說，所以，你真的沒有，對吧？你可以跟我說啦，我不會跟別人說。我保證。

我跟她說，沒有啦，你好煩，難怪店裡所有人都討厭你。

某一個瞬間裡，盈子看起來好像有點難過，但又好像沒有，我不確定，看不出來。

我故意說所有人都討厭她，當然是希望她難過，但看著她的表情，我又希望她不介意被所有人討厭，希望她不會因此感到難過。

後來下班了，我跟盈子收好店，阿杰來接我回家。我們走到我的公寓，然後接吻。

吻完了之後他說，寶貝，再讓我試一次。

再試一次好不好？

*

媽還在的時候，常常會對我說，家裡的事情不可以跟別人說喔，知不知道？我會回答她說，知道了。

所以另外一位阿姨來問我的時候，我總是回答她，我不能跟你說，家裡的事情不可以跟別人說。

我很怕自己這樣回答，這位阿姨會生氣，但她沒有。她總是笑笑的，很親切的樣子。

爸後來又跟睿睿嘴對嘴，人工呼吸。但是第二次的時候，睿睿沒有醒來，所以我們去了醫院。

爸媽帶著睿睿去了，也帶我去了。但是他們不注意我，沒人注意我。

我在醫院裡，坐在走廊上綠色的塑膠椅上，坐了很久都不能離開。沒人理我。過程中我應該有站起身來，去找媽媽幾次。我問說，媽媽怎麼了。但媽沒有理我。

我又說，媽媽我想回家了。媽才說，你先不要吵。

然後那個喜歡向我問話的阿姨就來了。那是我第一次見到她。

她在醫院，坐到我的旁邊，問我很多事情。

她陪著我說了很多話，問了我很多問題，我也告訴了她很多次。我說，我不能夠跟你說。

當時的我很害怕，怕媽看起來的樣子，還怕一些別的什麼。可是我還是這樣子告訴那位阿姨。我記得，當時的我覺得，因為我勇敢並且遵守約定，媽媽應該要趕快過來稱讚我。

*

那位阿姨，我後來見了她很多次。

那位阿姨帶我去見了現在的阿姨，現在的阿姨跟我說，這裡以後就是你的家了。

我問她，我要叫你媽媽嗎？

她應該是嚇了一跳，然後說，不用，叫我阿姨就好。

我又問她，可是你不會打我嗎？

她說，當然不會。

我說，睿睿如果不叫爸爸和媽媽，就會被打。

她說，天啊。

她又說，還有呢？睿睿還有什麼時候會被打？

我本來想要跟她說，還有睡覺的時候，睡覺的時候他抓我，我跟爸爸說，他就會被打。

但我跟她說的是，我不能跟別人說。

*

週末到了，我的月經還是沒來，我跟阿杰說，這週吧，這週可以。

於是我們到了旅館，休息兩小時要付一千塊錢。阿杰付的錢。

我跟他坐在床上，開始接吻，濕而且黏的那種，我感覺到他的舌頭，還感覺到他的舌頭碰到我的舌頭。

他先脫掉自己的衣服，再脫我的。

他只脫了我的襯衫，沒有脫掉我的內衣。但他的手伸進我的內衣裡面。

我發出了一點聲音。阿杰聽到之後問我，舒服嗎？我說，嗯。他說，我想聽你叫出來，不要害羞。我說，好。

然後他打算要脫掉我的裙子，他解開前面的鈕扣，拉開下面的拉鍊，再把裙子往下拉。

為了配合他，我必須把自己的屁股從床上抬起來，裙子才能被他拉開。拉裙子的同時，我們一邊接吻，很潮濕的吻。抬著屁股同時伸著舌頭，我覺得這個姿勢應該是很不浪漫的，但阿杰大概還算滿意。

他的手一直在我的身上。有時候接吻到一半，他會改親我的脖子，或是鎖骨，或是胸口。這種時候，因為我的嘴巴有空，我會按照他的要求，發出一些聲音，叫一叫。

持續了一陣子以後，阿杰很突然就停下來了。我知道，這次他也失敗了。

他從我的身上翻下去，把頭埋在旁邊的床裡，右手狂捶枕頭，動作很用力。

床發出砰砰砰的聲音。

阿杰說，幹，沒有辦法，就是沒有辦法。

他又說，自己的時候明明就沒有問題。幹，幹，怎麼會這樣。

*

其實那個喜歡發問的阿姨有跟我解釋過，睿睿怎麼會突然就到家裡來了。

爸爸的說法，我還記得。爸說，睿睿一出生，就被壞人給搶走了。他跟媽媽好不容易，才把睿睿搶了回來。

所以睿睿如果說想要回家，爸會大力敲他的頭，跟他說，這裡就是你家，你已經在家了。

睿睿有時候會說，不是，不是，不是家。也有時候，睿睿什麼都不說。

但阿姨告訴我，爸說錯了。阿姨說，有一些大人，他們擔心爸爸媽媽沒辦法好好照顧睿睿，沒辦法保護睿睿，才先把睿睿借放在別人的家。

她又說，那些人不是壞人呀。你看，他們後來很小心地照顧睿睿，也還是讓睿睿回家了呀。

當時的我告訴那個阿姨，可是回家以後，睿睿就死掉了。

後來，我不記得那位阿姨後來說了什麼，她可能說了，也可能什麼都沒有說。

又有一次，她問我，爸爸媽媽感情好嗎？他們會不會吵架或是打架？

其實現在的我認為，關於這個問題，當時的我應該要告訴她，我不能跟你說。

可是當時的我是這樣說的。我說，有時候我如果在晚上醒來了，我會看到爸爸不穿衣服，壓在媽媽身上，好像是在打媽媽。我還幫那個阿姨補充了一些細節，像是我說，那種時候，媽媽也不會穿衣服，她會發出一些聲音，或者叫來叫去。

這個時刻，我就記得了，我記得那個阿姨不說話了好一陣子。

＊

我不確定是什麼時候才發現的，發現那位總是在問話的阿姨，是負責我的社工。我想自己確實是有一點後知後覺。並且也是有點後知後覺地想起，我其實已經向那個社工說了很多。

媽如果知道，大概會生我的氣，我沒有守住跟她的承諾。我把家裡的事說出去了。

今年生日過後的第一個週末，我告訴領養我的阿姨說，我不記得爸媽長什麼樣子了。

我沒有說謊。因為我記得的是別的事。

我記得在洗澡的時候，媽總是會說，女生就是要香香的才行。然後用泡泡，把我的頭髮全都攏到頭頂上，抓成三角柱的形狀。

我還記得，如果我的身體很癢，她會拍打我紅癢起來的部位，一邊說，拍一拍就好了，不准抓喔，你不准抓。

我記得睿睿的臉。爸爸、媽媽、睿睿，我只記得睿睿，只是沒有人會再對我提起睿睿。因為他已經死去非常久了。

夜裡，如果我比睿睿更早睡著，他會叫醒我，用各種方式。

他會說，姊姊，陪我，我害怕。

如果我一直睡著，他就用指甲，抓過我的脖子，我的耳朵，我的頭皮。有一次，他很大力地，掐了我的胸部，不知道為什麼很精準地，捏住了我的乳頭。

我尖叫著清醒過來，大聲哭嚎。

被我吵醒的爸爸沒有問我發生什麼事情，也沒有問睿睿。

爸從他的床鋪穿過媽的位置，爬向我們。把睿睿抓起來，往他的頭頂打了下去。睿睿於是跟我一起哭了起來。

媽在旁邊，也醒過來了。她跟爸說，你不能只是打，你要教，你要跟小朋友說他哪裡做錯了。

爸聽到了之後，好像覺得很有道理。所以後來，他一邊打睿睿的頭，一邊說，還敢不敢弄姊姊？還敢不敢弄姊姊？

睿睿一邊哭，一邊說，不敢了，我不敢了。

但他還是弄我。

我仍然在半夜因為脖子搔癢刺痛而醒來，我聽見爸媽的鼾聲，也聽見他說，姊姊我怕。

有時候轉過身來，我會看見他的臉，現在想想，那確實是很害怕的樣子。

*

阿杰因為不舉而沮喪的時候，我曾經是想安慰他的。

我說，沒關係啦我剛剛也很舒服了。他說，放屁。

我又說，我聽說這很常見，很多人都這樣的。

阿杰還是不說話。我只好再說。我獨自用力說了好多。

我說，我不會跟別人說的，你不要擔心了。
不然我們可以去買，一些玩具，來試看看？
還是，如果你想要的話，我陪你去看醫生，我們去看醫生好不好？吃藥說不定很有效啊。
那一次，我說到醫生，他突然就生氣了，甩來一個巴掌，然後說，幹。

阿杰後來也說了很多。
他說，你沒被插飽，下面很癢是吧？
他又說，沒見過這麼賤的女人，居然想被玩具幹。
馬的，我自己的時候明明可以，就跟你不行，是你害的吧。
我真可憐，要跟這種讓人軟屌的女人在一起。
最後，阿杰簡潔有力地說，你真噁心。

所以從此以後，我們又失敗的時候，我就知道，不要再講話了。

*

今天的阿杰又失敗了。那之後，我們一起躺在床上。

我把被他摸到歪掉的內衣調整回正確的位置，有一點猶豫，要不要把旁邊的襯衫先穿起來。

突然阿杰從枕頭裡面發出聲音，我嚇了一跳。

我說，你說什麼？

他把枕頭推開，翻過身背對我。然後說，我跟別人試過了，我沒有問題。

我說，你說什麼？

他說，我跟別人做了，做的時候很正常，硬的起來、插的進去，我沒有問題。

我說，你這樣是劈腿。

他說，幹。

然後阿杰下床了，開始把衣服褲子一件一件穿回去。

他一邊穿一邊說，你想分手就分手，隨便你。反正不是我的問題，我就是越想越覺得奇怪，我怎麼可能會有問題？

還是你要我守貞喔？跟你在一起就一直不打炮？北七，我是男人，男人都有需求。

我沒有說話，而阿杰繼續說。

他說，你真的有很多奇怪的地方。

大家都說，都是我在包容你，你不知道吧？

你脾氣超怪的欸，動不動就不講話，一直盯著人看，到底，到底是在看三小。

馬的，每次開房間，都是我出錢。生日、過節，禮物都花超多的。

我還要買保險套，潤滑液，然後你什麼都不用做，躺在那邊，腳開開的就好。

我整天幫你拿包包。幹。你還租一個我進不去的地方。

吃飯也都我在付，你連假裝要出的意思都沒有。

然後我還插不到，靠杯，當女生這麼爽喔不然我也來當一下好了。

他說，分手就分手，賤貨。說完以後他拿起包包，走出房間。

他關門的時候，我還沒有把襯衫穿起來。

*

其實，我想，阿杰說的可能也沒有錯。

關於我有問題的部分。

每次我們嘗試做愛，我沒穿衣服，在床上，都會看見睿睿。

睿睿跟我一樣，沒穿衣服，躺著，就躺在我的旁邊。

睿睿的眼睛是閉起來的，於是我也閉起眼睛，有時候會叫個幾下。我以為我叫了，阿杰會比較高興，會硬起來，插進來。但顯然不是。

我知道，做愛的時候，或者即將做愛的前夕，看到自己小時候死掉的弟弟，應該是很不正常的。

我有問題，他大概沒有說錯。

*

在浴室洗澡，有時我也看見睿睿。看見他有時坐在馬桶上，看著我；也有時是躺著的。躺著的、沒穿衣服的睿睿，就會在浴室的瓷磚地板上，我蓮蓬頭沖下來的水，從他的身上流過來，又流過去。他動也不動。

但這並不合理。我從沒見過浴室裡的睿睿。

過去都是我跟媽媽一起洗澡，睿睿跟爸爸洗。

爸爸說，洗澡的時候，我要教睿睿男孩子的事，你們女生不要偷聽啊。

媽媽說，誰稀罕啊你們臭男生。

然後爸爸媽媽交換眼神，對著彼此，笑得很大聲。彷彿發生了一件快樂的事。

可是在晚上的被窩裡，睿睿經常問我一個問題。
他問我說，姊姊，我不想跟爸爸洗澡，我可不可以跟你一起洗？
我跟他說，不行。
睿睿說，可是爸爸都會打我。
我跟他說，男生要跟男生洗，女生要跟女生。
睿睿說，姊姊拜託。
這種時候，我通常又睏又生氣。我重複地說，不行。
睿睿也會生氣，他於是用手，大力地掐了我的胸部。
我哭了起來，睿睿也哭了起來。
我一邊哭一邊跟他說，媽媽說不可以讓男生碰到這邊。你不可以碰我這邊。
睿睿沒空回答我，因為爸爸又從床鋪的另外一邊起身，把他給抓了過去。

沒有多久，店裡的人都知道我跟阿杰分手了。

*

盈子跟我說，珠跟阿杰搞上了，是在我跟他還在一起的時候。

她說，想不到吧，珠這個人，平常文文靜靜的，結果居然這麼賤。

她又說，我從來不搶別人的東西，又不是婊子。

我抬頭看見盈子，盈子的頭髮染成暗暗的紅色，盈子會不會知道，珠也曾經這樣說過她？

阿杰說，我總是盯著別人不說話。過去的我沒注意過自己會這樣。想到這裡，我趕緊開口，對盈子說，對啊，珠超賤的。

我沒有對盈子說的是，已經兩個月過去了，我的月經還是沒有來。

*

第一次月經來的時候，我很冷靜。走出浴室，在阿姨的櫃子裡找到衛生棉，拿出一片再走回浴室。在浴室裡，我換了乾淨的內褲，並且把髒的內褲洗淨、晾好。

是那一天，我第一次看見了浴室裡的睿睿，不知道為什麼。

反正等到清理結束以後，我告訴阿姨，我月經來了。

阿姨說，哎呀那我們得去買新內褲了。

她想一想又說，順便買新內衣吧，你也應該要開始練習穿鋼圈內衣了吧。

我說好。我們於是一起去了百貨公司。在少女內衣專櫃裡挑了很多內衣跟內褲。阿姨順便幫自己也買了很多，所以可以憑發票兌換一大堆贈品。

阿姨跟我說，你在這樓逛逛，等我一下，我換完就回來，

在百貨公司裡，我看著各種顏色的內衣，覺得蕾絲非常漂亮。

我想起媽，她也跟我說過，等我，等我回來。

我跟她，跟爸爸，跟躺著的睿睿，四個人去了醫院。卻只有我跟媽，兩個

人，一起回到家。

睿睿死了，被爸弄死了，人工呼吸也救不回來，所以沒有回來。爸弄死睿睿，馬上就被醫院通報了，所以也沒有回來。

媽回來之後，放開我的手，大步大步地走進浴室。

媽把我一個人留在門口，我想了想，決定先把家門關上、轉好鎖。做完這些以後，我又站在門邊等了一下，才跟著走進去浴室。

浴室裡，我看見媽脫了裙子內褲，坐在馬桶上，臉埋在手裡，哭個不停。我還看見浴室的地板有紅色的痕跡，是血。看到血，我嚇了一跳，也哭了起來。

我哭了之後，媽才抬頭，才發現我也在浴室裡。她不哭了。她往前抱住我，來來回回順著我的頭髮。我看見她的內褲依然掛在小腿上。

媽跟我說，你不要怕呀，這是我的血，是女人都會流的血，叫月經啦，女生長大都會有月經，你不要怕，你以後也會有月經，知道嗎？

我說，知道了。

後來媽也不見了，因為她也有保護照顧的義務，所以她也被起訴，也被抓起來。

爸被關十五年，媽被關十年。這些都是阿姨後來告訴我的。

媽在不見之前跟我說，你要等媽媽，知道嗎，你要等我。

我跟她說，好啊，我會等你。

*

阿杰跟珠真的在一起了。

現在的阿杰沒有排班也會到店裡來，但他不再是等我了，他在等珠。他改成幫珠拿包包，改成陪珠走路，送珠回家。

如果我也有排班，就會在休息室裡遇到阿杰，通常他會假裝沒看到我。或者在我跟他對上眼的時候轉頭，從嘴裡發出，嘖，很大一聲。

盈子反而變得很喜歡跟我排在同一班。她會趁著有空，大聲問我阿杰跟珠的事。

她會說，看他們這樣，你一定很難過吧？

或者問我，你有什麼想法啊？你是怎麼發現的？

我跟盈子說，對啊我很難過。

我又說，我沒有發現，是阿杰自己跟我講的。

盈子非常大聲地說，蛤，他自己講喔？她實在喊得太大聲了，有很多客人抬頭。我皺起眉頭看著她，盈子終於願意稍微放低音量。她說，阿杰這樣也蠻有種的啦，至少沒有要隱瞞。

我說，對啊，也是。

她說，沒關係，我陪你。

我說，好，謝謝。

我又說，現在人少，我去換一下喔。然後我從包包拿出一片衛生棉。

她說，好。

我進到廁所，把乾淨的衛生棉撕起來，捲好，丟進垃圾桶，再打開乾淨的衛生棉，貼到內褲上，再走出來。盈子站在櫃檯前，看我出來就嘻嘻地笑了，不知道還想問我什麼的問題。

＊

今天在房裡，我接到阿姨的電話。

一接起來，阿姨就說，你下個月的畢業典禮，我跟叔叔會去參加喔，我們買好車票了。

我說，好啊。

阿姨說，真沒想到，你竟然就要畢業了。

我說，對啊。然後我走到日曆旁邊，隱約知道她接下來要說什麼。

阿姨說，你都這麼大了，時間真的過得好快啊。

阿姨又說，阿姨還是直接告訴你吧，你爸爸上禮拜已經出來了，現在住在中介之家。

我說，喔。

一時之間，我想不出該說些什麼，可是阿姨也沒再說話。我們沉默的時候，我幾乎可以看到她在家中，臉上出現那種表情，有點尷尬的表情。

我說，十五年，時間好像也差不多了。

阿姨說，你要的話，可以去你跟爸爸見面。

我說，我知道，媽出來的時候，你就跟我說過了。

阿姨說，那是五年前的事了，那時候你還小。

我說，媽會知道我現在住在哪裡嗎？

阿姨說，我不確定。

*

如果媽見到現在的我，不知道會說什麼。

她交代我不能做的事情，我都做了。我把家裡的事說了出去，我讓阿杰摸我的下面，摸我的胸部，摸了很多次。

最近有些時候，皮膚很癢，但我不太想去洗澡，因為進了浴室，睿睿就躺在裡面，地上有時會出現許多的血。

我至今仍然不太確定，當初那些血，到底是不是月經。如果是的話，可能會有一點荒謬。因為那樣的話，我從初經時常見到的景象，就會是睿睿躺在媽的月經裡，沒穿衣服，閉著眼睛。這好像有點好笑，又好像有點噁心。

我想阿杰說得真的沒錯，是我有問題。我真噁心。

但我又想，或許只要等到月經來了，就會沒事，就沒關係。

我上網找辦法，關鍵字打遲經。有人說，靠近正在來經的女性，會很有用。尤其是靠近她的腋下，因為腋下是賀爾蒙最濃烈的地方，賀爾蒙會互相影響。

只要她的賀爾蒙影響了你的賀爾蒙，月經就來了。

*

我跟珠今天同一班，我們一起站櫃檯。

除非點餐，不然珠總是一直低著頭。她不說話，我也不說話。

廚房的人，有時候會探出頭來，跟我們閒聊，像是在看好戲那樣。

晚餐休息的時候，我跟珠一起在休息室裡吃員工餐。吃到一半，珠接起一通電話。她小小聲地講話，用手遮住話筒。我猜打來的人是阿杰。

我吃著我的員工餐，聽到她說，不行啦，今天不行。

我繼續吃。她又說，嗯，我那個來。

那個是那個嗎？是月經？珠月經來了嗎？

我突然感到很生氣，我想到盈子對我說，珠怎麼可以這樣。我從來沒有這麼認同盈子。我用力地想，珠怎麼可以這樣。

她又跟電話說，我之後再補償你，好不好？

珠這句話講得特別小聲，眼神往我的方向看了好幾次。我抬起頭，和珠對上眼。原先縮在角落的珠，突然坐得端正，她的眼睛，慢慢地、無聲無息地，笑出了彎彎的形狀。那是對我的笑，不是對電話裡的阿杰，我知道。

後來，晚上的班，我一直往珠的地方站。賀爾蒙會影響賀爾蒙，我靠她靠得很近，一直幻想，如果可以打開她的手臂，磨蹭她的腋下，那就好了。

珠退開許多次，奇怪地看著我，但終究沒說什麼。

*

我曾經出於某種直覺，認為自己應該要告訴那個社工阿姨，爸爸不是總是在痛打睿睿。於是我告訴了她，我們全家，四個人，曾經一起去了科博館的故事。

社工說，你覺得科博館好玩嗎？

我說，科博館很大，我流了很多的汗。

我告訴她，科博館很大，睿睿一下子就腳痠了，爸把睿睿抱起來，放在肩膀上，坐在爸肩膀上的睿睿，看起來很高興。
我說，我比較大，所以要自己走，可是我的腳也很痠。
阿姨問我，那怎麼辦呢？
我說，沒有辦法，因為我是姊姊。
阿姨聽完就笑了，她摸了摸我的頭說，你好棒啊。

可是其實，這個故事的尾聲，爸還是在痛打睿睿，因為睿睿看見會動的機械恐龍動了，嚇得哭了起來。
坐在爸肩膀上的睿睿離恐龍太近了，所以他害怕，想要下來，但爸不准。
爸說，男孩子怎麼可以怕東怕西。
爸又說，不准哭，聽到了沒有？不准再哭了。
最後爸不講話了，他一直到我們回到家，都沒有說話。一進家門，他就把睿睿帶去浴室。

我不記得自己有沒有把這個部分告訴社工阿姨，我真心希望自己沒有。

*

在我住進阿姨家以後，有時候還是見到社工阿姨。她來找我，或找叔叔阿姨。在那些時候，社工阿姨仍然很喜歡對我拋出問題。

有一次她問，新學校裡還好嗎？我告訴她，阿姨給我買了新書包，新鉛筆盒，還有新玩具。在可以帶玩具到學校的日子裡，班上的小朋友會很羨慕我。

社工阿姨笑了，她要我帶她去看我的玩具，於是我帶她去了我的房間。

*

在阿姨的家裡，我有一間屬於自己的房間。

此刻的我，竟然，被阿杰帶進了他的房間。

我們明明都分手了，但他把我帶進他的房間。

今天我從大學畢業了，老闆娘同意我在下個月轉成正職。我跟阿姨叔叔吃了晚餐，送他們去搭車，然後我走回公寓，看見阿杰站在我的公寓鐵門旁邊，跟以前一樣的位置。他在等我。

我停下來。我問阿杰，怎麼了，你要幹嘛？

阿杰一句話都沒有說，他拉著我到路邊，推著我上了他的車。開車的時候，他還是什麼都不說。然後我們就到了他住的地方，他繼續地拉著我，一直到我們進到了他的房間。

阿杰說，你有什麼不滿最好現在都對我說出來，你沒事弄珠幹什麼？

我問說，什麼意思？

他反問說，你他媽還想要否認？

我說，我真的沒有。

他問說，你是不是很想跟我復合？

我說，哪有。

他說，幹，哪沒有，我每次去接她，你看我的眼神，那個眼神超淫蕩的。

我想了一下，有點不知道要說什麼，但上次阿杰說，我都不說話，陰陽怪氣的樣子。所以我問他，你想要復合嗎？

阿杰說，也不是不可以。

然後他很突然地把我推到床邊，我坐在床沿，阿杰的床墊一定是太舊了，坐起來有點凹陷。

我抬頭看他，他往下看我。他說，讓我硬起來，我就跟你在一起。

聽阿杰講話，我突然感覺下腹潮濕悶熱。我想，會是月經嗎？

我的月經已經太久沒有來了，久到我也懶得去算。但總之，我先把阿杰的陽具從他的褲子裡拿出來，摸了幾下。

他說，含進去，幫我吹。

我把嘴巴張開，先用舌頭輕輕地碰觸他，再整個放到嘴裡。一股淡淡的腥味在口腔之中，還有點鹹。張開嘴的那一刻裡，我鼓起了很大的勇氣，但沒想到，其實口交也並沒有怎樣，還算可以接受。

然後，出乎意料地，阿杰在我的嘴裡竟然，慢慢、慢慢地變硬了。這倒是第一次。

我已經無法整根含住了。往上看了一眼，看不清楚阿杰的表情，然後他的手突然扣住我的後腦，很大力地前後移動。我想跟他說，等一下，頂到喉嚨了，我快吐了。但他的手抓得太緊了，我掙脫不開。

阿杰說，喔，好爽，喔幹，喔。

他終於把他的陽具從我的嘴裡拿出來，但他還沒射精。

他說，原來你很厲害嘛。

這應該不是你第一次幫男人口吧。

他又說，自己把衣服脫掉，我要插你。

我真的覺得，我的下腹有什麼東西正在流。但是我想，就算做到中途我的月經來了，好不容易才硬起來的阿杰，應該也不會在意才對。

所以我解開洋裝的扣子，把洋裝脫掉。

阿杰把我推到床上。他說，換我了，我會讓你很舒服的。

然後他的手在我的身上，我的內衣裡，摸來摸去。我有記得，要發出聲音，在他捏下去時，很順勢叫了出來。

我說，啊啊。

他說，幹，我室友在，你小聲一點好不好。

我說，好。

阿杰的手往下，手指頭戳了進去。我感到疼痛，劇烈的疼痛。

杰說，靠，也太乾了吧。

我抬起頭，問他，沒有東西流出來嗎？

他翻了一個白眼說，你覺得呢？

我覺得有啊。我覺得，等了這麼久，我的月經終於來了，該來了才對。我真的感覺到了啊？

阿杰從床上爬起，拉開一旁的櫃子，拿出保險套然後放到一邊，繼續往櫃子裡翻找。

他說，我有潤滑液啦。

*

阿杰背對著床，背對著窗。

而我把頭轉到床的另外一邊，果然，沒穿衣服的睿睿，閉著眼睛，已經躺在我的身邊。像我們小時候那樣。

睿睿的位置就在窗戶底下，夜裡沒有陽光，微弱的街燈照了進來，照在睿睿的身上，睿睿的皮膚，看起來好白。

我跟睿睿一起躺著。我們的身上都沒穿衣服。

阿杰套上保險套，打開潤滑液，從床的邊緣重新爬回我的身上。

我不再看向躺著的睿睿，閉上眼，感覺到阿杰。他說，幹，總算準備好了。

我沒有說話。

黑暗之中，阿杰的手在我的身上四處移動，媽說不能碰的地方，我都讓他碰了。

沒關係的，我想。沒有關係。然後我把右手往旁邊挪一點點，再一點點。

接著，摸到一隻小小的手。

小小的，溫暖的手。

我在心裡想，睿睿，沒有關係，你不要怕，不要害怕。

哀琳

1.

「沒有人相信我，我說我們家的人，都沒有。」

「我問過所有人，問很多次，但他們都說我還太小，記錯了。」

「可是我真的記得，我們家真的，請過一個菲傭。請來照顧阿婆的。啊現在是不是不能叫他們菲傭或外勞？要叫移工嗎？我不確定。反正就是，我們家裡有請過一個女菲律賓人。因為那時候我的外婆又老又病。」

「我記得沒有很清楚，太多細節都消失了，但這個女的叫哀琳，她真的存在過。我不知道怎麼拼，ㄞ、ㄧ、ㄌㄧㄣ。I、L、I、N吧？我那時候中文都說不好，英文當然拼不出來啊。反正叫哀琳，滿年輕的一個女生。」

「她後來去哪裡了？我不知道，可能是簽證到期或怎麼樣，反正她突然就走了。」

「我突然想到一個畫面。你知道吧？有時候就是會突然想起記憶裡的某個畫面。就是這樣，那天我想起小的時候，公園裡很熱的天，哀琳從塑膠袋裡拿出濕毛巾，幫我擦汗，毛巾滑過我的脖子後面，很涼，有幾撮頭髮沒有被撈起來，然後毛巾直接滑過去，頭髮就黏在皮膚上面，感覺癢癢的。」

「今天，我突然想起來那種感覺。」

「所以我問我媽：『媽那個哀琳後來去哪裡了？』」

「我媽在沙發上，拿著她的智慧型手機，心不在焉的回我說：『什麼哀琳？』」

「我本來以為，她沒有在認真聽我說話，自從她會用智慧型手機之後，就常常這樣。所以我又問了一次。但不是，她真的想不起來。」

「我甚至描述了那座公園，那是很大的一座公園，城市中央突然被挖出來的一個大洞，四周種滿了很多的花。我提醒媽：『小時候，我跟哀琳，不是很常推著阿婆過去嗎？』」

「但我媽沒有從手機裡抬頭，她只是心不在焉地說：『你記錯了，你小的時候，秋紅谷還沒蓋起來。』」

「我只好去查秋紅谷什麼時候蓋起來。結果，真的沒有蓋起來。」

「但反正，那不是重點，反正我們就是去了別的公園。所以接下來我去問了我爸、我哥，連對門鄰居都問了。結果，沒有一個人知道我在講什麼。沒有人記得她。」

「最後唯一一個人，至少該要記得哀琳的最後一個人，就剩我阿婆了。好歹當初，哀琳是為了照顧她才來到我們家，阿婆怎樣都應該記得她才對吧？但是，馬的，阿婆早就死了。」

1.*

年輕女人雙眼無神望著前方，她的眼睛形狀圓長，眼尾上揚悄悄勾人。她的頭上束有鮮豔髮帶，正在擺出一種蒼老的姿勢與語氣，說起話來慢慢地：

「我必須告訴你，我愛我的男人，真的。雖然他有時脾氣古怪、捉摸不定，但他對我很好，十年以來一直如此。我們是大學時代在法文課上認識的，很浪漫吧？」此處她停頓，停了大約五秒。

「畢業後，我們各自找到工作，存錢，然後結婚。沒生小孩。我們都不想要小孩。當然，我現在後悔了，但當時的想法是：多累啊，要對小孩的人生負責。世界上多少人，還沒成為大人就先成為了父母。」

她的臉上幾乎沒有皺紋，眼神很盡力地悲傷。坐在公寓裡靠牆的舊沙發上，趁著說話空檔，將她的右手舉起，撥了撥垂落耳邊的頭髮。女人的髮很長，幾乎及腰，髮尾微捲，隨著動作，一晃一晃的。

接下來，她原本已經沒有對焦的眼神，竟然還能夠望向更空茫的遠方。

她又嘆了一口氣。

「然後呢？有一天醒來，他就不見了。床是空的，東西都還在，可是我的丈夫！我結婚十多年的丈夫！他就這樣——」她仰起白皙的脖子，右手向空氣中果決地一揮，眼神聚焦，猛烈用力地從沙發中站起。你突然可以看見她的全身，是白色襯衫紮進碎花百褶長裙，似乎是某種正在流行的復古打扮。

女人好大聲地喊：「他就這樣不見了！」她表現得激動了起來。

「沒有人記得他！他的公司說沒有過這個人！我的證件上他的名字消失了！這怎麼可能呢？我都以為我自己發瘋了，但是不！我沒有瘋！不可能！我幻想出一個男人，還嫁給他？這怎麼可能！不！我不會幻想自己結婚了然後買一整房子的男性用品！那些刮鬍刀、香水、西裝和四角褲，都是他的！我記得沒有錯，我真的記得！」

然後她的眼神再次失焦就彷彿是最開始那樣。

非常突然地，這個女人失去了力氣。她向後晃了晃，快但優雅地倒回沙發。沙發旁邊有一株半公尺長的盆景植物，葉子的顏色跟她的髮帶很搭。

「我愛他，真的。我知道我們有時候會吵架，但那又怎樣？他怎麼可以就這樣不見了，丟下我自己一個？」女人再度看向遠方，眼眶慢慢浮出淚水，水光盈盈，似乎就要滴下。

「卡！很好！」

一間老舊公寓變得完整，你會發現在角落的沙發上的女人的正前方，架有腳架，上頭裝有一台Canon單眼相機，短焦鏡頭。相機後的男人帶著鴨舌帽（明明是在室內？）手上拿的是前一天畫好的分鏡圖。他是導演，剛剛那聲「卡」是他在喊叫，聽上去其實很不熟練。

男人的兩側各站了一個人，一男一女，都其貌不揚。長得不怎麼樣的男女一人立起一張打光板，努力把窗外日光與屋內燈光都匯聚到那個鏡頭前沙發裡的女人身上，意圖讓她的臉頰皮膚細緻明亮。其實，女人皮膚已經很好了，她全身都柔嫩水滑的，很有性的味道。

這間公寓裡還有另外一個人，是女人，你們必須要費點心思才能夠注意到。這女人挺胖，穿得全身都黑，綁著馬尾蹲縮在鏡頭拍不到的牆角邊，手上握住一把毛茸茸的收音器，收音器負責把美麗女人說出的句子全都搜集起來。

這個人就是我了。

誰都看得出來，我們是一個相當零落的拍攝團隊。

2.

「我後來在書上讀到一個情境，簡直就是我的感覺。我是說，那種全世界只剩我記得哀琳的感覺。」

「你有在百貨公司的美食街裡綁過鞋帶嗎？」

「就是，美食街通常是一家百貨公司裡最親切的地方，因為那裡也有麥當勞或摩斯漢堡，普通庶民都吃得起的店（是嗎？）。當然也有一客四、五百塊或者更貴的鐵板燒，給還算有點錢的人。所以美食街的人總是很多。每個人都在走來走去，在尋找餐廳或者尋找座位。」

「如果你要在用餐時間的美食街裡綁好鞋帶，必須先移動到一個靠牆的地方，找一個不會擋住別人、也不會被人撞到的位置。然後你彎腰或蹲下，一手拉住一邊的鞋帶。那種時候，人潮來去，我們通常會很想趕緊把鞋帶綁好，因為怕好不容易出現了空位卻被後面的人給佔去了，也怕走丟。重點應該是，綁鞋帶的人跟整層喧鬧的空間格格不入。很短的時間裡，要焦慮的事情太多了，這個狀況本身就讓人感到狼狽。」

「然後鞋帶終於綁好了，一個平整的蝴蝶結。好不容易，你站直喘氣往前一看，結果什麼都變了。」

「我是說，美食街裡還是人來人往、還是非常明亮，但你就是不認得這裡了。這些商店好像不是剛剛的那些商店，要跟你一起吃飯的人都消失了，像是從來不曾存在過。你什麼都不知道，就只能站在那裡，腦子一片空白。」

「可能只是過了零點零幾秒，同行的朋友會從前方回過頭來，找你，問你在幹嘛。但關鍵就是那零點零幾秒。那一段最微小的時間裡，你會覺得：靠我只是綁個鞋帶，這個世界怎麼搞的。」

「我跟哀琳，我們就是那零點零幾秒，『瞬間不知道怎麼搞的』那種感覺。

大家越否認，我就越想起來。很多回憶的片段像是種子發芽，慢慢生長出來。像是我想起她每個禮拜天都不工作，離開我家，不知道去哪。然後晚上回來，會幫我買一些小零食，像是一顆健達出奇蛋，是舊版的，把巧克力做成薄薄蛋殼包住玩具的那種，或是花生醬口味的ＭＭ巧克力。」

「所以我被養出一個壞習慣，我不小心以為，她本來就該帶零食給我。你知道吧？小孩子被寵壞很招人討厭的一種樣子。」

「每個週日夜晚，我找盡藉口在客廳逗留，等待她的糖果餅乾。要是她沒有準備——有些時候她不知道為什麼，就是沒有準備——我就拿茶几上的報紙丟她、邊對她尖叫，邊委屈大哭。我大概是在幼稚園裡學到一些英文單字，所以可以胡亂地對哀琳喊著一些什麼，像是，You、Stupid、Stupid、Candy，之類的。」

「還有一次，有一個晚上，我沒有等到她。她回來的太晚了。這很奇怪，我還記得那次我媽很不高興。」

「就是那一次，半夜的時候，我睡到一半聽見樓下有聲響。我覺得害怕，所以把我哥搖醒。那時候我哥還沒吵著要跟我分房間。我們翻身下床、躡手躡腳跑到樓下。」

「結果超好笑的。我們看見哀琳一個人，三更半夜不睡覺，蹲在冰箱前面，狂喝養樂多。」

「我不知道她這麼喜歡養樂多。不是，其實我根本沒見過她喝養樂多，但那天，那天半夜，她真的狂喝。一杯喝完馬上接下一杯，幾乎不換氣那種。她身邊的地上積了一大堆小空罐子。冰箱的門沒關，黃色的光打在她身上，讓她黝黑的皮膚看起來超、超、超詭異。」

「我家以前，會準備養樂多給我跟我哥配早餐，在那個晚上，哀琳像是要把冰箱裡所有庫存都喝完。我不懂，她住的地方沒有養樂多嗎？她這輩子沒有喝過任何一瓶養樂多？」

「但反正，我哥突然就氣起來了，他對著哀琳大吼：『你幹嘛喝我的養樂多！』」

「我哥，他這人從小脾氣就很糟，現在也是。那個時候他大概才剛上小學而已吧。我記得我站在他旁邊，被他的聲音嚇了好大一跳。然後他突然衝向前，抓起地板上的養樂多空罐，丟到哀琳身上，丟個不停。」

「哀琳大概也被嚇到了。她原本蹲著，突然被我哥一弄，來不及躲，向後跌在地板上，我哥沒完沒了地把養樂多空罐砸到她的身上。沒完沒了、持之以恆、不打算停下來。不過反正罐子很小，又是空的，大概也不會多痛。」

「你知道嗎？最近我去跟我哥求證，特別提了這件事情。我提醒他很多重要細節像是：我們喝的是就叫『養樂多』的那個牌子，後來市面上出現一些比菲多、亞當樂、多多樂，那些都是假的、都不是我們喝的那種。或者，早餐的時候，我們常常為了誰可以多喝一瓶養樂多吵架。」

「結果我哥一臉嫌棄，他說：『我們喝的明明是光泉調味乳，走開不要煩我。』」

2.*

高美濕地是好地方，風景很好，只可惜冬日風大。昨天那兩個拿打光板的普通人，今天還是拿著一樣的打光板。不過打光板今天的工作是為女人擋風，以免她的頭髮被吹到嘴裡或臉上：頭髮到了臉上會擋住她泫然淒楚的臉、到了嘴裡就沒辦法讓她好好說完她的台詞。

這個劇組的實情是這樣：總共就五人，導演身兼編劇及後製，女主角跟導演大概是一對，他們住在一起，據說是為了方便討論劇本，但過程裡大概常常分心在幹，幹別的事，導致屋裡味道總是很重（什麼味道？）。沒拍攝的時候，導演偶爾低頭檢查相機裡的畫面，他一邊檢查，手一邊滑動在女人的身上腿上，而那個女人就在一旁，安安靜靜地，看起來沒什麼意見的樣子。至於其他人，那兩個普通到不行的男女，跟我，我們看到臉書打工社團裡的徵人訊息就跑來了，打雜一天領一千塊錢。

拍出來的影片導演準備去參加台中市政府辦的比賽，叫「絕攝台中」，主題是推銷台中，首獎有一百萬。導演說，要是得獎，錢是他跟女主角的，因為我們是雇員，平常拿薪水，之後當然不能拿獎金。不過呢，他故作慷慨：「我會請大家吃一頓好料。」我跟那兩個普通人沒有表示什麼，加入劇組後很快我們便了然於心，導演他基本上就是個爛人。

爛導演的劇本也爛透了。主要在講一個消失的故事：一天，女人醒來，怎樣也找不到她的丈夫，於是她日日從住所出發，去了台中的很多地方，找人。一邊找老公，一邊推銷城市。大抵是這樣的策略。

當然，影片裡的公寓，就是導演跟女主角合租的公寓，他們清出了一張沙發與一株盆景，擺到窗邊。室內景都在這座牆角。此處之外，整間公寓髒得要命。昨天我蹲在牆邊收音，左腳旁有一只保險套，看起來是用過了，不過裡頭沒有精液。

我們至今，已經拍了十來個女主角離開沙發的景；每拍一次，她就換一次裝。這個女人不像她的男人，她精緻且美，目測年紀不滿三十。大概是為了揣摩劇中角色結婚多年的心情，她的裝扮用力暗示復古，三大要件分別是髮帶、襯衫，還有百褶裙。

今天的外景在高美濕地，導演拿著他的單眼相機（他的拍攝工具只有一台單眼相機？）在海畔晃來晃去。這裡人太多了，他找不到合適的景。導演當然不是懂得事先場勘的那種人。

「不管了，」導演從濱海步道的人群裡舉起相機，女人就站在左邊：「就先這樣拍吧。準備好了嗎？」女人溫馴崇拜地點了點頭。

「三、二、一，Action!」（他的喊聲一樣尷尬。）

女人側臉有光，看向遠方，舉起一手壓住飛散頭髮，今天她的髮帶是亮淺粉紅色。

「我們曾經一起來這裡看夕陽。」她幽幽地說：「當時我們都不會開車，只能夠搭公車，轉了好幾趟。」

女人身後的行人持續走過，有一些忍不住，轉過頭看了好幾眼。一位小男孩盯住鏡頭前正在悲傷的女人，大聲詢問他的父母：他們在幹嘛？父母一邊看，一邊告訴男孩：不要多管閒事。如果不是風聲太大，我想我的收音棒肯定會很盡職地，把這些話語都記錄起來。

「公車班次少，又要坐很久，我頭都暈了。但他堅持一定要到，要在日落之前抵達。沿途他對我說了許多無關緊要的事，我沒怎麼理他。因為路程太長，我們差一點就要吵架了。但一到這裡我就明白，這些風景都是他對我的用心，畢竟這裡，真的是一個約會的好地方。」她輕輕笑了起來。雖然是極美的，但一大束頭髮突然就被風甩到她的臉上。

女人很鎮定，她用手將頭髮圈到耳後。

「這裡這麼美，我有一種，可以永遠一直走下去的錯覺。我們當時幾乎走到濕地盡頭了。周圍已經沒什麼人，海水淹到小腿的一半。他跟我說，我的臉頰沾上了沙，所以我閉起眼睛，要他幫我弄掉。那個時候，我偷偷希望他會親我。」她說著，緩步向前，迎風仰起臉頰、半閉雙眼。她的背景是濕地與地平線，遠方有一整排緩緩轉動的白色風車，以及許多靠得太近、明顯正在偷看鏡頭的路人。

「你在哪呢？為什麼留我自己一個？我好想你啊。」

「你在哪裡！」她四處張望，並且開始大聲喊叫：「你在哪！你在哪！你到底在哪！」此時此刻，背景中所有的路人（不管大人小孩），全都盯著她看了。

「卡！」導演說：「不行了啊，人太多了，拍不下去。」

我放下收音器，雖然女人不顧臉面地大聲喊叫，但錄到的八成都是風聲。那對打光板男女，他們將打光板摺起，夾在腋下；至於步道上成群的路人，眼看沒事，又自顧自往前方的海走去。

3.

「根據我的記憶，阿婆總是坐在輪椅上，只能吃湯湯水水的食物，一直在講話，可是沒人聽得懂。至少我聽不懂。」

「我不太確定阿婆的飯是誰煮的，因為我媽跟哀琳都常待在廚房。不過在我小的時候，會幫忙剪阿婆的食物。我哥不肯用手碰食物，所以都是我在做。我跟哀琳，把每一餐煮好的菜、蛋、香菇，都剪成小塊，跟大碗公裡的稀飯放在一起，攪拌均勻。不管媽跟哀琳那天煮的是什麼，這樣搞，整碗飯都會變得黃黃的，像嘔吐物。阿婆的每一餐，都噁到不行。」

「哀琳會把稀飯餵到阿婆嘴裡。阿婆每吃一口就要囉囉唆唆講上很多，有時候，食物殘汁還會從她的嘴角滾出來，流到脖子上。那種飯其實根本就不用咬了吧？但阿婆連吞都吞不好。」

「我完全想不起來阿婆曾經講了什麼，或用什麼語言講。我本來覺得一定是台語，老人都說台語；不過後來想想也可能是日文，阿婆老得一塌糊塗，搞不好曾經活過日治時代？不知道，但反正她不可能講英文，所以哀琳一定全部都聽不懂。」

「我們家的人被我用哀琳的話題煩得要死了，現在一看到我開口就要發脾氣，我只好想別的辦法。」

「我改問他們阿婆的事。他們總不會說阿婆也不存在了吧。哈哈。」

「阿婆怎麼死的？在睡夢中死的。」

「阿婆活了多久？六十七歲。」（這樣很老嗎？）

「阿婆會不會講日文？哇賽你知道我媽居然跟我說什麼嗎？她說阿婆以前會去曉明女中辦的長青大學上英文課和日文課，還上得很好，那邊的修女跟老師都很喜歡她。我媽甚至說，阿婆在那裡交到一個老男朋友。我差點吐出來。」

「傻眼，我阿婆怎麼可能會講英文。我們全家沒有人肯好好讀書。阿婆老得要死還去上什麼長青大學，哪有可能。」

「不過我後來想想，會不會是真的呢？你看，阿婆是全家最常跟哀琳相處的人，至少一天裡有三頓飯的時間。有時候，哀琳還得推著輪椅，帶阿婆出門去公園，不是秋紅谷的那座公園，曬太陽或幹嘛。他們如果一直聽不懂對方，不是會很不方便嗎？」

「於是我決定抓住這條線索。我問我媽，阿婆在長青大學裡交到的老男朋友是誰？我媽說，是里長家隔壁那個姓王的阿公。」

「我問我媽他死了沒死？欸這個問題不是很重要嗎？我媽聽完竟然直接巴我的頭。說我沒禮貌，我才覺得莫名其妙。她打超大力的。」

「但總之，老阿公還沒死，所以我馬上就去他家找他。我想說，阿婆要約會，肯定也是哀琳推著輪椅去的吧。」

「結果？結果那個阿公是苟活在城市角落的腐爛臭蟲。幹。我問他：記不記得黃施滿金，你知道他說什麼嗎？」

「他說滿金好騷。騷，他發音ㄏㄧˊㄠ。」

「那張起皺的臉，才不過一瞬間，竟然可以變得這麼猥瑣，色慾薰心的樣子。他講出太多不可思議的內容，像是什麼，阿婆很會跳舞、很敢穿、他們一起去第一廣場玩，阿婆的屁股扭起來特別好看，諸如此類。這個阿公，他的皮膚爬滿了斑，提到阿婆的身材的時候，竟敢高舉雙手，在空氣中揮出曲線，還特別強調屁股。」

「現在在講的是我阿婆欸，他才沒有禮貌吧。」

「但不只這樣。每當我說話，他就持續逼近過來，說是聲音太小了聽不清楚。那一雙佈滿斑點、老皮垂落的手掌，輕鬆隨便就擺到我的大腿上，好像很自然的樣子。他的手一邊向上爬，一邊告訴我：『妹妹，你這個腿肉肉的喔。』然後，在我大腿根部，靠近那裡（哪裡？）的地方，他狠狠捏了一下。」

「他的住處就像他，陰暗骯髒，讓人作嘔。」

「我沒有提到哀琳就走了。」

3.*

窗外的天是黑的，陽台上鐵欄杆在日光燈的反射之下特別刺眼。

女人仍是獨自一人，此刻的她擺出抱膝的姿勢，蜷縮在沙發左側。房間角落的盆景生長得太過旺盛，枝葉茂密向外開散，在她的臉上映出一片葉子形狀的陰影。

你應該要發現了，這齣戲是由女人的獨白組成。當然主要是因為導演沒有別的演員。她反覆從沙發站起、出走、再回來，呢喃哀訴，思懷她消失的丈夫。此刻是夜，導演要拍她思念的樣子。這個景沒有台詞。女人只要坐著，表現出哀傷、困惑，或者迷茫，總之是一個丈夫失蹤的美麗妻子應該要有的那些樣子。

沒有台詞，我在這裡幹嘛？

收音器依舊是毛茸茸地躺在器材盒中，我除了看，沒其他的事好做。雞腿便當吃完以後，便當盒可以隨便擺在地上，垃圾或廚餘總是很輕易地融入導演與女人的公寓裡。

我看著整個現場。

女人尋找丈夫的故事已經持續了一個禮拜，期間除了高美濕地，她還帶領著我去了大坑登山步道、大甲媽祖廟、勤美綠園道、一中街、自然科學博物館、路思義教堂、大肚山紅土田、文心森林公園、秋紅谷、廟東夜市。在這些地方，揚聲呼叫地、喃喃自語地，找尋她的丈夫。

不管去了哪裡，穿著怎樣的復古髮帶和百褶裙，當她踏出家門，最終總是要回來的。回來這個房間，因為她誰都找不到。

她的身分證上配偶欄裡，丈夫的名字不見了。所有應該記錄這個人的文件，諸如戶口名簿、健保卡、帳單，或其他種種，也都消失無蹤。沒有人記得她的男人、她的愛情，依照導演寫的台詞，沒有人記得他，「就是沒有人記得我的青春」。

那好吧，也沒有辦法。

我不喜歡這個故事。再沒品味的人，都可以清楚發現這是一個爛故事，導演說他在致敬一些電影，我不相信。但除此之外，它還使我不太舒服。

是什麼呢？如果你問我，是什麼東西，什麼讓我不舒服？我其實也答不上來。所以比較恰當的問題應該是這樣的：後來呢？這個爛故事的結局是什麼呢？我於是問了導演這個問題，他露出一抹做作的微笑，故作神秘地說：到時候你就知道了。好像我很稀罕一樣。

當時，女人就在導演身邊，繫著鵝黃色髮帶，任由導演的手伸進她米色裙襬之中，來回移動。當著我的面，也沒有要遮掩的意思。

這個男人三十好幾，可能接近四十。我不確定他靠什麼維生，也不知道他如何哄到一個年輕、溫順、美貌的女人，願意同他住在一起、拍爛電影。

攝程還沒來到最後，所以我也不知道，不知道後來是什麼、最後會怎樣。

4.

「關於哀琳還有一件事，我不太願意跟我們家的人說。我猜我哥也不願意。我是說，如果他記得的話。」

「童年裡，我跟我哥睡在同一間房，直到我小學畢業那年，我們搬進一棟透天大房，我才擁有了自己的房間。有自己的房間很好，我很喜歡。但是我有自己房間的時候，哀琳離開我們家已經很久了。」

「長大的時候，人人都會聽說一些很細瑣無聊的街坊故事。哪家請的菲傭外勞跟他們家的老爸搞上了，什麼的。其實有點難堪，但我媽超愛這種事。你知道舊城裡的每個巷口，都有一間老洗髮店，很傳統的，洗完頭會有阿姨幫你敷熱毛巾按摩肩膀那種。洗髮店裡一堆八婆。我媽整天往那邊跑，說是要去弄頭髮。可是回來的時候，這個街區所有人家的骯髒故事她都知道了。像這種，菲傭跟男主人亂搞的鬼爛事，她在那邊聽到還不夠，回家還要跟我、我哥、我爸，都再說一遍，很煩。」

「哀琳長得好看嗎？她有沒有跟我爸亂搞過咧？我不知道，沒有印象。但只要想想，就會感到非常噁心。」

「真要說的話，她應該是好看的吧，大概。我記得她的深色皮膚、大眼睛，頭髮總是毛茸茸的樣子。我尤其記住了她的眼睛。大家應該都有見過？那種很女氣的、水汪汪的眼睛。我會這樣記得，可能是因為她常常被我媽或阿婆弄哭，我跟我哥應該也有把她弄哭過，像哥拿養樂多罐丟她的那次，她就哭了。」

「那件事其實還沒結束，因為我哥對養樂多被喝光這件事，好像真的很火大，就算哀琳哭了，他還在大聲吼叫，對她亂丟東西，持續好久都沒要停止的樣子。」

「我被他嚇到了，忘記要阻止他，或者跟著他一起揍哀琳。都沒有。我什麼都沒有做。」

「我就站在旁邊，看見坐在地上的哀琳開始哭泣，哭一哭，突然張開雙手把我哥給抱住。」

「哀琳一直都跟我比較親近。我會幫忙剪食物給她餵阿婆，有時候會陪她跟阿婆去公園，她禮拜天帶回來的零食餅乾，我常常分她一半。但她從來沒有抱過我。我是說，她有時候會把我抱起來，但那是為了方便。像是走路的時候嫌我在後面走得太慢。但沒事的時候，她不抱我。」

「那次她抱住我哥，我很錯愕，其實還有點嫉妒。他們看起來很親密。我認為這很奇怪，很不應該。」

「我想阻止他們、把他們分開。但我一定是太驚訝了，所以什麼都沒做。」

「我哥在被抱住的瞬間就安靜了下來，然後哀琳很溫柔地，把我哥放倒在廚房地上。冰箱的門還是沒關，所以他們看起來全部都是黃色的。」

「有一個養樂多罐滾到我的腳邊，我沒有踢開，也沒有動。」

「這是一件很詭異的事，但我親眼看到了，我看見哀琳輕輕脫掉我哥的褲子，當然還有內褲。我哥的睡褲上面有火箭圖案。你看，我連這個都記得。」

「她的動作很輕很輕，幾乎沒有發出聲音。我哥躺著，安靜下來，表情好像有點困惑。然後哀琳的手抓起我哥的——我不知道要用什麼字眼來稱呼一個八歲男童的生殖器欸，我的意思是，理論上那是一根，嗯，陽具？但那根陽具也才八歲，叫他陽具感覺就，就很不妥當。我不知道。」

「反正她抓起我哥的，那邊。小心翼翼，又搓又揉，那個畫面其實可以算是充滿柔情。我哥有勃起嗎？大概吧，我有點忘記。我只記得哀琳甚至還親了他那裡。她先是親了一下，然後含住，含了一小陣子，又吐出來，搓一搓、用手擺弄，然後又含進去。」

「我不知道他們弄了多久，也不知道自己為什麼一直看著。」

「當我想起這整件事，只記得自己突然感覺非常悲傷。很扯吧？那時我才幼稚園，小孩子真的知道什麼是悲傷嗎？有點難說，但是那種感覺好真切，我記得自己終究是哭了起來。哭的聲音打斷哀琳，打斷他們正在進行的一切。然後他們才終於注意到我。」

「我哥從地上爬起來，靠著自己穿好褲子。他仍然只大我兩歲，可是突然之間，他變得像是一個大人。他拉好睡衣的下襬，牽起我的手，帶我回到我們的房間。」

「那個晚上，我好像一碰到床，就睡著了。」

「關於這件事情，在尋找哀琳的這段日子裡，我都不曾提起。更不敢跟我哥求證。他會否認的，我知道，勢必還會發起好大一場脾氣。他的脾氣，到了現在，都還是不好。」

4.*

今日的公寓裡，除了劇組五個人，還多了兩隻鴿子。

鴿子，說實話，長得很邪惡。群聚是弱者的行為，我看漫畫說的，印象是鋼之鍊金術師（是嗎？）。鴿子極擅長群聚。

多數鴿子都肥胖，毛色駁雜，灰褐交錯，脖頸處有些紫色綠色的羽毛，太陽照下那圈羽毛彷彿就要反光。牠們眼睛外圍有一輪血紅，腳爪看來銳利，把路走得氣焰高漲，明明是鳥，卻不擅飛，總是笨拙。還有另外一個品種的鴿，毛色以白為底，翅膀身軀雜有棕色毛羽。白色配棕色，理論上是安全低調的配色，但這種鴿子卻能夠讓自己看來像是異種，像是患有嚴重疫病。牠們的紅眼睛在白羽毛中尤其明顯、鮮豔，所以在已經很邪惡的鴿群裡面，又顯得更為突出。

今天出現在公寓裡的，就是這種白鴿。

原來導演想出的結局是，那位消失的丈夫，變成了一隻鴿子。（……）

我是最後得知劇本結局的人，因為昨天要拍的場沒有台詞，導演直接不發我來，這樣可以省去便當錢和一千塊。所以是負責打光的男人張羅來的鴿子，他說他是從台中公園裡抓來的。導演說：哎呀我們怎麼會沒人想到要去拍台中公園，這也是一個景啊我研究看看有沒有時間去補拍。後天吧，我寫個劇本畫個分鏡，拍完就殺青，你們看怎麼樣？

導演志得意滿，叨唸不停。而在場顯然沒有任何人，有所謂正確的衛生或者疾病防治觀念。

姑且不提已經被講爛了的禽流感是怎麼回事，是這樣的，世界上還有一種東西，叫弓漿蟲。在我告訴你弓漿蟲會怎麼攻擊體弱的人類和動物以前，你要先知道，這個世界上，連我媽都已經會用智慧型手機的科技發達的世界上，還沒有出現任何可以預防弓漿蟲的藥，沒有。

然後弓漿蟲的攜帶者，有很多，除了貓，還有鳥，所有的鳥。

再來，你們一定很想知道吧，要是弓漿蟲跑進人的身體裡，會怎樣嗎？

如果你是一個孕婦，假設是健康的孕婦好了，那你會生出一個死小孩。就是，怎麼說好呢？那個小孩，在脫離你的陰道以前，就死透了，可能還會是發黑的，像所有不祥的、邪惡的、受到詛咒的傳說裡描述的那樣。那麼，要是你是個不健康的孕婦呢？那你跟你肚子裡的小孩，下場就沒有兩樣。

我應該要把這些都告訴他們，告訴他們這是一個爛劇本，沒有人會得到獎或拿到錢，沒死人就已經是萬幸了。但導演把我叫過去，將毛茸茸的收音器裝得格外妥當，遞給我，親切地提醒我：鴿子很重要，是這次影片的關鍵，記得一定要錄到鴿子的聲音。

以往負責打光的男人今天不拿打光板了，他提著不知道哪裡弄來、生鏽的鐵籠，關著兩只鴿。

我嚇壞了，什麼都來不及說，只能看著。我不喜歡鴿子。也開始痛恨這個故事。我突然想起來，我好像忘記了一個人，有一個畫面就這樣跳到我的腦海。

接著，我聽見導演大喊：「Action!」他的聲音遠遠的。

「咕咕。」

女人從沙發上猛然抬頭，轉向窗外，又轉了回來。來回幾次後，帶著用力瘋狂的表情，用力地站了起來。我們看見她的衣著凌亂，襯衫不像往常那般好好地紮在裙裡。

「是你嗎？阿桀？是你在叫我嗎？」

「咕咕，咕咕咕。」

「阿桀？是你回來了嗎？」

她四處張望，向前走了幾步，又跑回沙發，攀在玻璃窗上。

「我知道是你，我聽出來了，你在哪？快回來好不好？我好想你。」

最後，她再次癱坐在同一張沙發，一樣是靠著植物的那側。她的白色襯衫領口繡有蕾絲，鈕扣是仿珍珠樣式，粉紅碎花的裙子，搭配鮮紅色髮帶。單純的紅色，沒有其他圖案。

她的身體晃了晃，眼淚突然就流了出來。女人一邊擺出空洞眼神，一邊穩穩當當地哭了起來。

就在這時候，視線（鏡頭？）往下移動，你會先看到她的小腿肚晶瑩剔透，再往下，她穿著皮製娃娃鞋，同時，有一隻白底夾雜棕色羽毛的鴿子，搖搖擺擺地走了進來。

「咕，咕咕。」

鴿子走起路來是這樣子，大搖大擺，甩著屁股，左右搖晃。

讓我們低頭，視線（導演的鏡頭？）跟隨鴿子移動，牠走一段、停一段，又再走一段，偶爾往地下啄一啄，不知道是否從骯髒公寓的地板裡吃進了什麼。

當鴿子走得夠遠，女人的裙襬、小腿、娃娃鞋，都不見了。我們的眼光（螢幕的畫面？）必須停頓下來，鴿子不斷在走，當畫面停格（我們的眼光停留？），鴿子走出眾人的目光（單眼相機的拍攝範圍？）。於是，有那麼幾秒的時間，只剩下骯髒的白磁磚地板。

然後我們抬起頭來。（還是導演，那個爛男人，舉起了他的相機？）會看到什麼呢？看到女人從沙發上消失了，取代而之的，是另一隻鴿子。並沒有牠（她？）出現在沙發上的經過，等你看到（鏡頭舉起）的時候，牠（她？）已經在那了，撲開自己的翅膀，拉起脖子，弄出聲音。

剛剛行走的那隻鴿子，在沒被看見的時候飛了起來，飛到沙發上。兩隻鴿都停在那，牠們走了幾步，靠近角落那株太過茂盛的植物一點。

「咕咕。」

「咕咕咕。」

「咕咕咕咕。」

「卡！」

5.、5.*

「起床時我又收到拍攝通知，於是我前往導演的公寓。」

「我感到有點奇怪，因為照導演的說法，室內景應該都已經拍完了才對，但我們要到公寓集合。不過他向來奇怪，所以我也沒有多想，梳洗準備出門。反正多一天多一千。」

「離開家前，我看見我爸我媽，還有我哥。他們正在吃早餐，我們家的人吃早餐都會配飲料。但我在趕時間，沒吃東西，沒拿飲料，甚至沒走進餐廳，就出門了。希望等等會有便當。」

「導演跟女人的公寓是那種沒電梯的老式社區。樓梯扶手與欄杆都帶有鐵鏽。很髒，好險公寓就在三樓，樓梯不至於爬得太久。」

「他們從不鎖門，其實他們連門都不肯好好扣上，只要推開門板就能進去。我想他們兩個在做的時候，聲音一定會傳出門外，傳到對面人家耳中，或者傳遍整棟樓。」

「屋內格局也很奇怪。只要進去公寓，就會同時看到床、看到長桌、看到櫃子，還會看到地板上擺著我前幾天吃不完的雞腿便當。」

「沒有什麼隔間裝潢，什麼都一目瞭然。他們的拍攝空間是用雜誌書堆，還有疊起來的塑膠收納櫃隔出來的。我很熟練地繞過塑膠櫃，但沒有人。」

「導演、女主角、其貌不揚的打雜男女，都不在。這很奇怪。」

「四處張望的話，會看到牆上有窗，角落有盆栽，旁邊有沙發。跟過去都一樣，但，怎麼說呢？人怎麼會都不見了？」

「我往沙發走了幾步，獨自走進拍攝場景讓我有點猶豫，忍不住又回頭朝門的方向看了一下。」

「『欸，有人嗎？』我喊出來。可能是太空曠了，好像還會聽見自己的回音。」

「此刻我已經站到沙發前了，還是沒人應聲。那好吧，我轉過身，你會看到我坐了下來。」

「咕，咕咕，咕咕。」

「然後是鴿子，鴿子成群結隊走進來了。牠們撲翅、躍跳、走動，搖搖擺擺的，很是吵鬧。我看著鴿子，我舉起手，我數了一數：『一、二、三、四。』」

「總共有四隻鴿子。」

「鴿子並不理我，牠們走著自己的路。於是我抬起頭，先看了看窗戶，再轉向前方。」

「當我開口說話，你會聽到我說：『你知道嗎？最近我想起了一個人。我不知道她後來去哪裡了。』」

淨女

彷彿有人正在看。當蕭把髒衣從塑膠籃裡挑出，逐一放進洗衣機裡，她以餘光確認周圍是否有人，而周圍都彷彿有人，正在看著。

沒有啦，蕭告訴自己，只是鏡子。

宿舍浴間的ㄇ型水槽上方貼有長鏡，長鏡穿過三面牆，於是若在洗衣機前回過身，會見到空間裡另外三個自己。

那些她的手裡都拎著內褲，沒穿內衣。

一、二、三。

四。

五、六。

衣籃裡總共有著六件內褲。

蕭一面把衣物扔入滾筒一面數數，內褲數量代表她洗衣服的天數間隔。六天，還不到一個禮拜。這些內褲都算乾淨，因為她總是會先手洗一次：在洗澡時，將洗髮精或洗面乳擠上布料的正中心，打濕以後，著重搓洗沾上分泌物的內褲底部。

很奇怪是，無論蕭怎樣仔細地洗去內褲裡層的結塊與印漬，並反覆檢查，確認再無痕跡；然而晾乾以後，三角褲下方的布料卻總是結成硬塊。是貼住蕭的陰部的那側，就算已經狠狠地搓揉然後沖刷，最後晾在曬衣夾上，內褲們仍然擺出僵持的姿態，以手一碰就露出骯髒的馬腳。

蕭從來不敢告訴別人。她已經很努力洗了，卻不能明白，這些布料怎麼回事。那些彷彿皺去橘皮的乾硬內褲，在走動時總悄悄地戳著她的下體。這種時刻，很難不感到齷齪。

但用洗衣機洗過的內褲從來不會如此。

內褲們彷彿在滾筒之中重新找回小巧玲瓏的身段：棉質的宜人安和、絲質的嬌媚剔透。套在下身竟然能夠柔軟得像是不曾存在，讓蕭感到無比地安心。於是在宿舍裡，蕭手洗了內褲後，總是讓洗衣機再洗一遍。

*

初經到來以前，母親便告訴蕭，女生都必須要手洗內褲。

那樣的說法反覆出現多次。母親總要蕭用力想像，想像那件緊貼自己的內褲，跟外衣、跟襪子、跟牛仔褲還有其他衣物一起，在滾筒裡翻攪糾纏的情境。「那些襪子被踩在鞋底踩了一整天，吸滿了妳的腳臭跟汗水，妳真的想要內褲碰了它們之後，再去碰妳的『妹妹』嗎？」

蕭其實沒懂。洗衣機難道不是已經承諾，願意為她洗去一切汙濁嗎？而幼時的她疏懶，好一段時期裡，仍然相信襪底的惡汗與褲底的印漬，即便曾經共處於滾筒之中，然而在時間到了之後，洗衣機便應當一視同仁地，讓他們跟隨水流一併離去。於是找到機會，蕭仍是將髒內褲丟進衣籃，自以為機巧地想：只要先放入內褲，再疊上其他衣物，母親經過時就不會察覺。

直到那天，一個平凡的傍晚，蕭從中學回到老家，家中沒有人在。

當時，她與母親老去的房屋是灰色的，共有三層，若在無人時踏入一樓，會感到非常安靜。在這裡，蕭最喜歡的地方是二樓主臥房中的浴室。母親在那間浴室鋪上淺藍色磁磚，做有乾濕分離的設計。而外邊陽台的日照離浴門很近，因此，若是開著廁門、坐在純白冰涼的瓷馬桶上，便能夠感受到浴室小窗接通陽台，日光撒下，一座世界悄悄地變透明了一些。

母親不在的時候，蕭總是來到這裡。

是那個安靜的傍晚，天光仍亮。蕭在大腿間的內褲上見到整片黏稠的黑褐色印漬。她想：原來經血不會是鮮豔的紅色。

所謂月經跟想像不太一樣，但沒關係，因為蕭等待此刻已經很久，她並不慌忙。那天，脫下所有衣物後，在乾濕分離的浴室裡，蕭很緩慢地洗澡：先用白色浴球揉出泡沫、刷過後頸與肚皮；接著手指抹過骨盆向下，仔細溫柔地清潔「妹妹」。

主臥房的浴室裡，母親的沐浴用品皆是玫瑰氣味。

蕭獨自在這，不把門關上，隔著澡間她看見穿過霧玻璃透進來的、曲曲折折的橘色夕陽，好晶亮地映在磁磚上有積水的地方。在擦乾自己之後，蕭從架上翻找出母親的衛生棉，撕去塑膠包裝，把乾淨內褲換上。

至於舊的、髒了的那件內褲，要先放進衣籃裡，再用制服裙疊蓋起來。這樣，蕭竊竊地想，就誰都看不出來了。

只是過了沒有很久，母親在洗衣時便發現了蕭的內褲。

母親憤怒吼叫，叫得很大聲。隔著樓層，蕭已能聽見母親罵出的許多內容。我已經講過多少遍了你給我上來。蕭匆忙踩上階梯。你難道不知道這樣很噁心嗎那是從你的洞裡流出來的東西欸就這樣跟我要穿的衣服攪在一起。蕭踏進洗衣房。你怎麼可以這麼自私啊這些話我講了又講講了又講你都當成耳邊風是吧那以後你的衣服都自己洗好了啊。諸如此類諸如此類。

「洞」是新的說法，蕭注意到，不是「妹妹」了。

那時初經才到尾聲而已，還沒結束，感受仍是新的。蕭的小腹內部像被某人的手給輕輕擰住，並不會太痛，但在呼吸縮放之間，滴滴漏漏的。

一直以來，蕭都猜測，母親那時的憤怒主要是：手碰到了。

蕭弄髒的內褲、上頭的黑褐色經血。在拎起衣物時母親沒有留意，因此那些汙濁的、從蕭的「洞」裡初次流出來的，便糊上母親的指尖。母親一面對著蕭怒吼一面洗手，轉身以後沒有把水關掉，於是蕭看見水龍頭流出水來就像嘔吐，吐出一條長而透明的繩，不停墜落。

「洞」彷彿是很貼切的。

那次以後，蕭便經常想像腿間內褲如何貼住自己的破口，如何把「洞」封印，然後在沒人留意到的時候，接住軀體之中流出來的各種顏色。

＊

在宿舍的公用浴間裡，蕭投入十元銅板，倒下薰衣草抗菌除霉洗衣精，按過按鍵，儀表板上亮出數字：42分鐘。

回寢室的路上經過交誼廳，沙發上坐有女孩正對手機抱怨：「我的襪子洗完之後又不見一隻。」蕭聽見了覺得很安心，很是高興。

進入新城以後，宿舍使蕭學到許多東西。

像是人們紛紛抱著衣籃走出房間投幣洗衣，共用洗衣機是如此的簡陋無能，儀表板上僅有「強力清潔」與「一般清潔」兩種按鍵可以選擇。「強力清潔」一次42分鐘，「一般清潔」32分鐘。

蕭總按下「強力清潔」。

寢室一間住有四人，在這樣小的空間裡，每人一座晾衣夾掛在床邊，而每座衣夾分別都向下垂著十二只夾子，夾子咬住內褲兩角，或使內衣倒吊，有時也啣住一雙襪子。開窗時，若是有風吹過，所有衣夾便牽動著內衣襪子們，一齊晃動幾下。

蕭睡C床，在兩兩相對的房間裡與B床相連，那是財經系的小米。這間102室只有蕭與小米兩人，因為A床與D床在各自交到男友以後，就從房裡消失了。

室友小米是那種，會在粉嫩紙條上手寫課表，再細心地貼在書桌前方的好女孩。她按部就班、乾淨清潔，衣夾上掛著的內褲總是淺色蕾絲而繡有細碎花紋。小米會把所有化妝品裝進透明壓克力盒，放在左邊櫃上。早晨時候，蕭能看見小米將塑膠髮捲掛上劉海，再用電捲棒纏繞髮尾，及肩的髮一層層披落而下，繞出許多弧度。

晨光照進，小米每撮髮尾都像一道彎勾。

然後蕭從上鋪看著小米輕而且慢地化妝。是誰都會喜歡這樣的女生吧，蕭時常想，小米怎麼會還沒搬出去呢？A床D床的長相早已模糊，而小米勾勒眉毛的手勢平穩篤定，一描又一畫的。在底妝與眉毛完成以後，最後是淺粉色的腮紅搭配玫瑰色唇膏，九點整，小米完妝出門了。

蕭等著小米離開，隨後下床鎖上房門，坐進小米的座位，拿起小米的口紅，對著小米的立鏡，塗描在自己唇上。

蕭嘗試過小米每種口紅的質地與顏色，最喜歡的仍是霧面玫瑰色那只。將唇膏轉開握在手裡，黑色漆光造型很是小巧；但無論如何，蕭拿捏不出小米的優雅姿態。晨間朝日裡的小米那麼溫柔，一切顏色印在臉上都像有光。

蕭已經學了很久，仍是模仿不來。

而很偶爾的夜裡，她們也聊天，都是很瑣碎表層的事情，蕭跟小米。她們談學校的新聞、新開的餐廳，或者宿舍情事。蕭模糊地認為，女生宿舍是顆蜂巢，或者有時也像某種卵：五樓陽台每晚十點總有人在哭泣、舍監阿姨蹺班時，據說都在隔壁男宿搭訕新生、放在公用冰箱裡的牛奶常被喝到只剩一口、那些洗完就不見的襪子，其實都是被打掃阿姨偷走的。

還有很偶爾的一次，小米問蕭：「你知道，聽說有的女生，會把內褲放到洗衣機裡面洗嗎？」

蕭看見小米的眼皮上擦有漸層棕色眼影，珠光細小閃亮，眼神困惑無辜。

「那是公用洗衣機欸，拿來洗內褲不是很噁心嗎？」

*

蕭想起過去的自己。

自從母親發了脾氣以後，便只能老老實實地手洗內褲了。手洗衣物的規矩有許多：必須先以冷水浸泡，必須使用冷洗精；不得大力搓洗，不得晾在浴室。經血在剛染上布料的前幾小時都還容易處理，可要是等了一整天的話，便會成為無法抹去的印記。

是在那一段日子裡，蕭發現了灰色內褲的詛咒：灰色的內褲尤其容易引來經血附著。這是蕭的迷信，到了今日她深信不疑。衣櫃中，蕭每一件灰色內褲，都附滿洗不去的血漬，像是符咒。

對於顏色的執著，在最初的時候，從拋棄白色開始。

在童少，母親總是為蕭選購白底棉質底褲，上頭印有愛心或者小花圖案，邊緣的鬆緊帶偶爾設計成波浪形狀。這樣的品味沒什麼不好，曾經幼小的蕭向來不曾反抗，直到褲底開始出現顏色。

通常那是淺黃褐色，或者偶爾，像是青苔乾掉的淡淡綠色。那些物質以不流動的質地，整片附著於褲底布面之上，即擋住洞口的那側。有些時候，那些物質甚至結成塊狀，凹凸滾動，很是怵目驚心。

自己究竟是什麼樣的源頭，能夠日日反覆泌出髒汙？夜裡浴室，蕭鼓起勇氣將褪下的內褲湊近鼻端，異味湧出嚇得她一時之間緊緊瞇住雙眼。難以相信那樣的腥惡氣味竟然來自於自己。

此後她日日畏懼如廁與沐浴，一切需要脫去下身衣著的場面。

某一時刻，蕭突然想到，若身上是深色內褲，便不會看得這樣清楚了吧？

錯落的印象裡，學校裡有過一堂美術課，蕭帶著一盒二十四色的油性蠟筆，而老師發下了黑色的畫紙。難得不用白紙作畫。那次，蕭畫出了整片星空的樣子：白與淺黃交錯的星子們，被綠色草原上的兩隻小人仰頭看著。

老師滿意極了，在聯絡簿上寫著：繪畫方面頗具天份，令人驚艷。

母親簽字時什麼也沒有多說。只有蕭知道，在上色時必須花費多少力氣，才能將顏色印上黑色畫紙。裝蠟筆的紙盒裡，黃色、白色的油性蠟筆都只剩下短小一截，然後才能勾勒出清晰的、大大小小的星子。

是在那時，蕭有了靈感。這道理該是一樣的吧？若將內褲換成黑色，印上分泌物時，顏色必然不再那樣聳動，使她心驚。

於是在母親為蕭購置內著時，蕭有了主見：

「我不要這件。」蕭放回白底花紋內褲，指向五件一組的，不見圖案的黑、灰內褲：「我要黑色的。」

母親的表情有點困惑。

而老阿姨店員故作親切地取笑蕭與母親：「小女孩長大了，有自己喜歡的內在美了喔。」

「內在美」。

蕭咀嚼著新學到的名詞，有那麼一點感到好笑。而母親沒有多說，替她買回了兩包十件的深色底褲。

第一次從雙腿間拉上黑色內褲時，蕭的胸口湧起一陣暖意，她花了些時間，才明白那就是心安。再沒有誰會知道了。

她想：除了自己，再沒有誰會知道，我的洞裡有多骯髒。

*

有個沒被說過的規距，宿舍當中人人明白：洗衣後，必須將自己的衣籃置於洗衣機上，如此一來，要是機器洗畢衣物而主人沒來收拾，下一位使用者便可將滾筒裡的濕衣物挪進上面的衣籃裡，再放入自己要洗的那一批。

蕭很喜歡挪動別人的衣服，她日日巡邏浴間，巴不得每個人都忘記取衣的時間。

每當有人忘記，蕭便掀開機器頂蓋，一件件地解開滾筒中捲成條狀的衣物，逐一甩開攤平，研究衣物上的痕跡圖案。過程之中，蕭時時回望，確定沒有來人。浴室上方的氣窗裝有三台抽風機，都被設成定時，偶爾扇葉突然運轉，很容易就驚動到蕭；又有時候，當馬達一抽一抽的聲音掩去走廊上的腳步，也經常令蕭不夠警覺，連續幾次差點被衣物的主人撞見。

在長鏡環繞的浴間裡，蕭還時常被自己映在鏡中的身影給嚇到。

發覺虛驚一場後，鏡子裡的三個自己與蕭對視，三種角度的她都行為鬼祟、動作笨拙。穿著睡衣披散頭髮。很是滑稽的模樣。於是，一些時刻裡，蕭與自己忍不住就笑了起來。

那次，蕭從滾筒裡拉出一件褲管糾纏的牛仔長褲，她解開紐結的衣物，發覺褲襠裡層、靠近臀部的位置，有著一塊沒被洗去的血漬，蕭替主人將褲子翻回正面，深藍色外邊什麼也看不出來。

原來大家都是這樣，蕭高興極了。

她來回撫摸牛仔布料裡層的血印，不規則的形狀，就像是阿米巴原蟲；她把濕褲子拿到鼻端嗅聞幾下，牛仔褲的主人使用茶樹香味的洗衣精，布料聞起來潮濕、清淨，香氣清甜毫無腥臭。

確認洗衣機是蕭的每日冒險。然而挖掘窺視的結果，卻是從來沒有其他人同她那樣，把內褲放進公共洗衣機。幾次以後，蕭才終於承認：女生確實都要手洗內褲。

你噁不噁心。

突然她又聽見老家的晾衣房裡，母親嚴厲的聲音。

在舊城區的那些年裡，蕭日日長大。但回想起來，即便她已確實地、每日夜裡以手搓洗內褲，卻從來無能於感到潔淨。那麼多年，蕭忍受著粗硬褲底摩擦陰部時湧進腦門的汙穢感受，意識到自己搓洗不去的汙濁，直到抵達新的城市，住進宿舍，重新將內褲偷偷地放進洗衣機裡。

宿舍窄小陰暗，但蕭明白，母親已經遠離。

母親、灰色老房、玫瑰氣味的浴室，還有曾經透明光亮的秘密時刻，全都留在遙遠而安靜的舊城區裡。

室友小米經常使蕭想到母親的情人。她是那樣地乾淨、那樣地漂亮，甚少失誤於日常。

＊

她們一同生活在這裡，102室。蕭見過小米親手晾起她的鋼圈內衣，通常都是白色的，細軟精巧的蕾絲繡花與內褲成套搭配。偶爾，當小米離開房間，蕭佔據了她的座位時，會隨手檢查小米晾在衣夾上的內褲。結果令人驚嘆：小米每日洗畢的蕾絲內褲，竟然，一律潔淨平滑，以手來回撫摸，有著冰絲一般的觸感，輕輕涼涼。

那些位於三角褲底的布料，柔軟、貼膚、嫵媚。不見任何血跡。

蕭從不告訴別人，但她深信灰色內褲的詛咒。她深信灰色布料召喚經血、使其附著，像是隨時準備孵化的卵，隨時準備把蕭的秘密給散佈出去。那些沾血的內褲都收在衣櫃裡，她們血跡斑斑，經血甚至滲透、黏附於內褲邊緣的鬆緊帶上；而只要沾到了鬆緊帶，便病入膏肓、怎麼樣搓揉也洗不掉了。如此說來衛生棉真是世界上最不值得信賴之物，她們從不遵守潔淨清爽的承諾，經血不斷地濺染溢出，沾惹外身。

月經來的時候，記得別穿白色裙褲。母親這樣教導蕭。

後來蕭卻發現，即使是黑色裙褲，染上了經血仍會結成硬塊，硬塊使得黑布形成色差，而帶著色差走在路上，同樣地羞恥、同樣地明顯，並不會好過一些。

蕭很明白。她國中的制服裙褲，都曾經是黑的。

初經過後二十八天，下一次經期推遲，並未如約而至。

一個月、兩個月，不曾再見。而蕭並不是不驚惶，但女同學間私語流傳，向她確保此事實屬正常。經期不穩定是種流行，她們很是嘉許地對蕭說：大家都是這樣。

母親每月為蕭添購衛生棉。夜安、日用、涼感、超薄、不外露。蕭默默地收進房間的櫥櫃裡，安靜等待下次使用的時機。老房之中，母親與蕭各自使用一間浴室，於是母親似乎不曾發現蕭已然遲到的經期。那些日子裡，子宮是顆被固定倒置的氣球，澆灌以黑血，於身體之中越撐越大，隨著時間累積濕濁瘴氣。終有一天，蕭想著，一切穢物都會破散於她體內的。

是過了半年，才再次出現了一個沒有聲息的午後。

那時鈴響，蕭與眾人從老舊的木製桌椅中紛紛抬頭起身，午休過後將醒未醒，世界的質地變得鈍重。她彷彿遠遠聽見男孩正在變聲的尷尬嗓音，粗礪而乾扁的：欸你椅子下面是什麼東西，你的腳，幹那是血嗎好噁心喔。

直到低頭蕭才發現，那道聲音說的是自己：自己的腿，自己的桌椅，有血。

這次的血終於是液態流動的暗紅色了。

站起身來，蕭感受到身體遲緩而沉重，彷彿有層透明薄膜包裹住周身，使她遠離此刻。還沒能有什麼感受，班導已經走來，把蕭帶進廁所。離開教室的時候，蕭什麼也沒說。

「你有帶衛生棉嗎？」

蕭的班導總是將滿頭白髮染成棕色，棕髮挽在腦後盤成一個結。當班導在廁所裡稍稍傾身靠近，蕭看見她的耳邊掉出幾撮灰白色碎髮，露出原來的髮色。蕭想起當導師在講台上對全班吼叫的時候，男生們竊竊自喜地嘲弄著：哦喔喔老女人的更年期又在發作了。

更年期。意思是不再有月經的女人。

蕭在廁所裡看著班導的臉，想著，不知道是不是真的。

「沒帶的話，我幫你去保健室拿，你先清理一下。」

上課鐘遠遠傳來，蕭獨自待在廁所。

中學的廁所將會永遠地溢出惡臭。地面鋪著深灰磁磚，唯一的窗就在兩排馬桶間的最後邊，和洗手槽的位置相對。不開燈的白天一室陰暗，難以看出地面積水究竟是不是混進了尿。以往的蕭若是踏入廁所，總會小心避開積水，不過有時真的太暗，稍不留意就一腳踩進積水。要是那樣，水花會噴濺上腳踝肌膚，令手臂泛出雞皮疙瘩；不過其實，也沒有什麼辦法，依舊只能強忍由下而上的不潔感受，故作鎮定地推開隔間、使用馬桶。

蕭等了許久，班導仍然沒有回來。她不太確定地想著，自己留在教室地上的經血是否會被清理。走向鏡前將水龍頭轉開，蕭看見鏡中的自己與背後的窗，鏡中的她臉面模糊，突然之間，又有滾滾液體從體內湧出，內褲底層的薄小布料終究封印不了什麼，經血像車窗上的雨滴那樣，沿著蕭的大腿順流而下。

班導若是不回來了，該怎麼辦呢？蕭的血流過腳踝，染上學校服儀規定的白色長襪。這樣看上去，經血的確是紅色的。

＊

黑色制服裙在臀股之間濡濕，悄悄貼住蕭的皮膚。班導終於回到廁所，帶來三片衛生棉與一件制服裙。

「這件裙子是保健室備用的，你回家洗過以後要帶回來還，知道嗎？」蕭點頭。

「你在這裡慢慢弄，乾淨了就回教室上課，好嗎？」蕭又點頭。

班導轉身，廁所再次沒了人。而這過程中，水龍頭都沒關上。蕭獨自思考一陣，不太確定接下來動作的順序。應該先貼好衛生棉嗎還是要先換掉裙子呢？班導沒有帶來乾淨的內褲，蕭心想，濕內褲沾上乾淨的制服裙後，難道不會再一次地將裙子給染髒嗎？

她走進隔間，靠右數來二間，鎖上門鎖，終於決定先脫掉裙子。

在小而封閉的空間裡，蹲式馬桶像空間中的一道破口。像一個洞。蕭把班導借來乾淨的裙夾在腋下，踮起腳尖避開周圍積水，同時試圖從髒裙裡把腳跨出去。但夾著腋下使左手難以自由活動，當蕭試圖護住乾淨的裙，右手就拉不住髒裙的裙襬，來回之間，她發現自己左腳跨不出去，右腳踩不穩地，被兩件裙子給絆住了。

就這樣，世界忽然傾倒，無聲的膜瞬間碎去。

失去重心一陣搖晃，蕭的肩膀首先著地，重重地，她的頭撞翻了垃圾桶。別人擦拭過的廁紙灑落地面，以及她的髮間。而蹲式馬桶前端，半罩式白色圓拱就近在眼前，那片白色半圓的功用應該是負責擋著尿液防止外濺，但它突然，就在自己的眼前。

惡臭盈鼻，蕭的膝蓋很痛，下腹也扭絞起來。她不是很確定自己究竟撞著了哪裡。早就骯髒的黑裙落到腳踝，被積水染得更濕，蕭赤裸的大腿濺起地面上的積水，那些被濺起的水花落下，再潑回了自己。

尿的味道，糞便的味道，經血的味道。

蕭感到疼痛，與骯髒，在這個無聲的下午，落於一身。

後來的蕭爬起身子，任由黑裙散落於地。她撕開衛生棉包裝，貼在被血染濕的灰色內褲上，將其拉起。再抖開較為乾淨的那件制服裙，拉好拉鍊，然後打開門鎖。在工具間裡她找到鐵夾，將散落一地廁紙夾回垃圾桶。過程之中，蕭看見有些衛生紙上沾有糞便，想到那些曾經碰觸自己。

然後撿起髒裙，放到一旁的水槽裡。再次打開水龍頭，清洗雙手，抽來乾淨的捲筒衛生紙，抹去腿間血跡。

有些血痕已經乾硬，蕭必須有耐心地反覆擦拭。

蕭的動作很快，沾濕的衛生紙受不住來回塗抹，逐漸散成小小碎屑，沾黏了蕭的經血，形成灰濁帶紅的顏色。那些顆粒紙屑，有的落在地板，有的停留大腿。蕭不斷擦拭、不斷撥落沾黏皮膚的紙屑，已經來回反覆地抽出新的衛生紙了，卻怎麼樣都不夠乾淨。

然後蕭走回教室，地上的血跡已經被清掉了。

是誰清的？

班導在講台上頓了一下，沒有多說什麼。而蕭坐回座位後，看見空蕩蕩的桌上放有一張紙條。蕭打開紙條，上面只寫了三個字。

「月經女」

周圍似乎有誰正在竊笑，蕭抬起頭，卻什麼也看不出來。

＊

下課以後，有些女同學走來，你身體還好嗎剛剛怎麼了，這樣地關心著蕭。

而蕭，她早已經把紙條摺好，放在抽屜，慢慢地等待放學。

是在那天，蕭第一次見到猴子。

母親很難得地比蕭還早到家，客廳的燈已經被點上，有人正在說話。蕭脫去皮鞋，在玄關裡望見母親輕拍著一位陌生女人的手背，看進女人的雙眼。當老房的黃光亮起，原本清冷透亮的氛圍散去，蕭聽不見她們說的話，只覺得這個家突然過於奇異而顯得陌生。

隨後她們注意到蕭，同時起身，母親對蕭說：「跟侯阿姨打招呼。」

蕭說：「侯阿姨好。」

女人笑了，對蕭說：「你好，你可以叫我猴子。」

猴子的臉上有一點點雀斑，襯衫衣領開得很低，髮色是淡褐色的，從頂端映出光澤，跟班導緊緊盤在腦後的髮結相比，顏色不太一樣。

細髮落在猴子的胸口，當她走近，蕭聞到花的味道。

而室友小米最近開始對香水著迷。

她會帶回裝載液體的玻璃瓶子，告訴蕭，這樣一罐就要兩千四百塊呢。然後把香水灑在手腕上，直伸到蕭的面前，撒嬌地說：「你聞聞看，是不是好香？」

蕭告訴小米，她聞到柳橙與桂花的味道。

小米笑了出來：「你好厲害啊，」她說：「這是柑橘調的。」

她大方地問蕭要不要也噴一些在身上，蕭拒絕了。離開一室芬香，走過長廊回到公用浴間，確認丟下去的衣物還要17分鐘才會完成；而另一台洗衣機的衣服已經被別人收走了。蕭感到有些可惜地回到房間，看到小米正瞇起眼睛，嗅聞自己的手腕。

小米跟猴子，怎麼會這麼像？

這樣的時刻裡，蕭便相當懼怕。她是好不容易才離開了母親的舊城，與日益沉默的老房。然而看著小米，母親彷彿隨時就要現身，指控蕭不夠乾淨，揭發她所有的秘密。

小米在桌前，挪動化妝品，想找出一個空間擺放全部的香水瓶子。而蕭站在門前，很是突兀地就開口了。

蕭問：「你為什麼都不交男朋友？」

小米從玻璃罐前抬起頭來，小小的臉上浮起恰到好處的驚惶與羞澀。白日已過，她整臉的妝還沒卸去，那些顏色在臉上，卻仍像新的那樣，淺淺發亮；蕭看見小米顴骨上的珠光，以及兩頰間的紅潤，無法確定究竟是腮紅還是血色。她聽見小米說：「我只是在等對的人出現。」

而蕭，蕭不知怎麼的就哭了出來。

*

那天蕭與猴子打完招呼以後，母親突然皺起眉頭，問蕭：「你身上怎麼這麼臭？」

是廁所的氣味嗎？

蕭突然看見自己身上沾滿廁紙，聽到積水濺落，而經血從洞口緩緩流出。她聞起來，是不是就像那個地方？

月經女。

蕭向後退了一步，不敢看向母親。

她想洗澡，渴望使用母親那間光潔的浴室，以及玫瑰系列香氛，但母親向來不允許蕭踏進主臥，此刻母親在家，她於是進不去那個地方。

猴子此時，把手輕輕地放到母親背上。

蕭聽見猴子的聲音：今天是不是上了體育課、是流了汗嗎、先稍微去沖個澡吧、等等一起吃晚餐聊聊天、你覺得好嗎。蕭接著聽見母親說，趕快去吧。

蕭走進自己的浴室。

她的浴室鋪著米黃磁磚，磁磚之間的黑色水垢怎樣也刷不乾淨，鐵製置物櫃上放有去屑洗髮精與海洋風味沐浴乳。洗髮精是母親買的，因為蕭的頭皮時常起屑。而鐵櫃櫃角早已鏽去，暗紅色的鏽屑落在磁磚之上，一個不注意就踩上腳板。

洗澡時，蕭以熱水沖洗腿間，反覆確認洗去血痕。蓮蓬頭水柱有時刷過蕭的陰部，引起大小不一的顫慄，而蕭想起猴子碰觸母親的姿態：猴子雙邊嘴角都有笑紋，眼睛好大，勾著黑色眼線，每當眨眼就特別明顯。

那場澡蕭洗了很久，母親跟猴子坐在客廳，等著蕭吹乾自己的頭髮。換過衣服以後，蕭在內褲上重新貼了衛生棉，看著猴子，覺得很是抱歉。

後來，猴子便經常進出蕭與母親的老房，有時，也留在母親的房中過夜。猴子有權力使用母親的浴室，蕭曾在猴子身上，聞見母親的味道。慢上了許多個時候，蕭才終於留意到，原來帶有花香的猴子，與母親，是一對戀人。

在那之前，蕭先知道，猴子是私立大學裡教藝術的老師，在法國生活過七年，因此學會烹調一種味道繁複的燉蔬菜湯。在蕭與母親的廚房，猴子把番茄燙熟，剝去透明薄皮，搗成碎泥。蕭替她捧著鐵碗，看見裡頭整鍋暗紅色的醬汁，好奇地想：要是把整整一週的月經都集中起來，是不是就像這樣？

猴子曾說，她不敢吃豬血，因為豬血使她想到月經。

母親在餐桌上翻了一個白眼，然後她們相互對看，兩人彷彿極有默契地，同時笑出聲來。

*

這麼說來，蕭在過去確實從沒見過，母親與猴子在一起時，那種樣子。但遇見小米以後，蕭便明白，若是小米與誰相愛，她便會像猴子那樣：楚楚動人、閃閃發亮。

而此時的蕭不知道自己為什麼哭，小米更不會知道了。

手忙腳亂的小米嘗試安慰落淚不能停止的蕭，她就連困惑的樣子也是美的。小米把蕭牽回座位上，抽出衛生紙，塞到蕭的手裡。小米的手稍微有些暖，而且軟，身上有花和橘子的味道，穿著針織衫，一些髮絲貼在衣服上，較長的髮尾則隨著步伐曳曳甩動，每個跨步都是一道搖晃的勾。

小米是那麼、那麼的漂亮。

可能過了許久，小米終於怯生生地問蕭：「那個，你是，失戀了嗎？」

蕭感到有點好笑，抹去鼻涕，對著小米搖搖頭。小米又問：「還是你有什麼煩惱嗎，可以跟我說呀？」

「我覺得，」蕭抬起頭，說：「你好漂亮。」

蕭看見小米的眼，先是閃過一抹明亮的笑，接著卻突兀地浮出一絲戒備與緊張，蕭知道小米在想什麼。蕭知道，即使如此，小米仍然喜歡被稱讚漂亮。

「我以前認識一個人，跟你很像。」蕭告訴小米：「我很久沒有看到她了。」

「你很想她嗎？」

「我不知道。」

沉默在房裡慢慢脹大，蕭再次擤去鼻涕，不知道該如何收拾。

小米終於很突兀地開口：「如果你想變漂亮，我可以教你怎麼化妝。」

蕭搖頭：「我不適合化妝。」

「沒試過怎麼知道？」

我試過了。

蕭沒有說，她看懂小米的侷促，房中兩座衣夾上掛滿了她們的內衣、內褲與襪子。風扇徐徐轉動，那些衣夾也很輕、很輕地左右晃動。

「我剛剛洗了衣服，」蕭對小米說：「現在該去收衣服了。」

小米明顯地放鬆下來，她挪動背部，整個身體向後靠上椅背。

她對蕭說：「趕快去吧，衣服被別人拿起來就不好了。」

＊

蕭走出房間，走過長廊，走進浴間。

黑色儀表板上閃著螢光綠色的3。衣服再三分鐘就洗好了，滾筒正在脫水發出轟轟的滾動聲，浴間沒人，蕭乾脆站在洗衣機前等著。當抽風機不運轉時，整間浴室像是只剩下她與機器而已。世界再次安靜下來。蕭看著鏡子裡的自己，眼睛紅腫，頭髮缺乏光澤，散在臉頰兩旁顯得無比難堪；她想到小米說，要教自己化妝、讓自己變得漂亮，忍不住就與長鏡裡的三個自己一齊笑了出來。

小米沒有想過，那些她離開房間的早晨，蕭有多麼努力。她在小米的座位上，模仿小米的手勢，但無論如何，仍是此刻這個樣子。

蕭從來不曾告訴任何人，自己體內的汙穢如何翻滾湧動，洗也洗不乾淨。

數字閃了一下，剩下兩分鐘了。

在第二次月經以後，第三次月經很快就來了。其實是有點太快了。但沒關係，蕭後來便會隨身帶有整包的衛生棉，僅是感到體內稍有騷動，就將衛生棉貼上底褲，某些時候，那甚至使她感到安全：就算不是經血，僅僅看見白色棉花上沾有她泌出的黃色物質，無論顏色多麼駭人，都不再需要害怕。她只要將其撕起，捲成一條；在垃圾桶裡，誰也看不出來那就是蕭。

那真是少有的萬全時刻。

於是蕭的第三次月經完美著陸於衛生棉布上，像是獵物終於掉進陷阱，蕭在學校廁間，心滿意足地以為自己的身體就在控制之中。以為自己終於學會。她鋪好新一張衛生棉，以衛生紙拭淨下體，拉起內褲，帶著冷酷而滿意的微笑走出隔間。

一日將盡，蕭回到老房，傍晚的屋子仍是那樣地安靜，就像誰也不曾來過。母親似乎還沒回來，蕭感到快樂，她又能使用母親的浴室了嗎？輕輕地，她走上階梯，光線隨著爬升慢慢出現，渴望突然有些無法壓抑。她好懷念那間浴室，浴室中有霧面的玻璃拉門，以及顏色濃烈的夕陽光芒。

彷彿已經看見透明積水在小窗之下被映成橘色，周圍將會伴有溫熱水霧與玫瑰香味。蕭很是虔敬地轉過階梯，看見主臥房門沒關。一切念想就在眼前，她幾乎聽見了自己的心跳。

心動時刻如此鮮明，蕭很明白，一切都將變得美好。

一腳踏入母親的臥房，舊木地板陷下發出了輕微聲響，蕭突然發現一旁的雙人床上有人。回頭，她與母親對視，而猴子躺在母親身旁，沉靜地睡著。

涼被覆在她的胸前，沒能蓋住光裸的肩。

蕭至今仍能勾勒猴子肩線的弧度，在傍晚的日光下，隨著呼吸緩緩起伏。

母親從床上翻身而起，怒視著蕭，是為了避免吵醒猴子，才用著很小的氣音說話，氣音使得母親的怒氣也變得薄透。

母親說：「你在這裡幹什麼。」

蕭看著母親，腹部攪動起來，有些東西從體內正在墜落。

「出去。」母親說。

蕭轉身就走，主臥房裡一室明亮就在身後。

母親跟蕭一同走出房間，回頭時，蕭看見猴子睡眠的表情寧靜，像是帶有一抹小小的笑。她到了門外才發現猴子其實穿有細肩帶背心，但很奇怪是，就在剛才，蕭卻覺得猴子的肩膀太過光滑，像是什麼東西都沒有，那樣地裸著。

就在這一刻裡，蕭想告訴母親：明明我是可以的。

我也能夠乾淨或者美麗，難道你不明白我的努力？蕭細數，自己手洗內褲、隨身帶有足夠數量的衛生棉，嚴防再次沾染臭氣。突然她很是委屈，質問幾乎就要脫口：我已經都做到了，你什麼時候可以看我？

但母親先說話了。

母親對蕭說：「你的裙子，好像沾到血了。」

怎麼可能。

「去廁所清一清，」母親像是沒有表情，她說：「沒事不要進我房間。」

然後主臥房門便關上了，老房二樓一片漆黑。蕭轉過頭，像狗追尾巴那樣看著屁股，裙襬之間印有色差一塊。

＊

機器發出叫聲，很是尖銳刺耳。

蕭的衣服洗好了。她拉開拉門，將濕衣物放進衣籃，收到第一件內褲時，首先回頭確認沒有來人。抽風扇葉沒有預警地開始轉動：轟——啪啪啪啪啪，可是哪裡都沒有人。

那日母親關上房門以後，二樓少去大半日光，一切都變得昏沉。過了許久，蕭走離房門，按開樓梯間的小燈。小燈是與客廳相同色調的黃光，開了燈以後，天卻像是突然就黑了。

褲管跟衣袖總在洗衣機裡打結，蕭彎下腰，慢慢地把滾筒中糾纏的衣物鬆開，過程急不得，需要耐性。她找到第三件內褲，仍是黑色，有著薰衣草的味道。以手摩挲一陣，是冰涼潮濕的觸感，晾乾以後必定相當柔軟。

早在離開舊城的那一年，蕭便已經許久沒有看到猴子了，從某個時候開始，猴子不再進入蕭與母親的老房。是和母親分手了嗎？蕭不知道。隨著猴子的消失，母親返家的時間愈晚，蕭總是獨自在老房中移動，停留窗邊，沉迷於傍晚近乎透明的殘光。

最後一年，她告訴母親，自己將要前往新城。

母親坐在初見猴子的客廳、沙發上同一個位置。頂頭黃燈籠罩臉龐，她困惑的眼，看上去就像年幼的蕭不再願意穿上小花內褲。蕭才發現，母親老了。

但我已經長大，她殘酷地想，而且就要離開。

最後的母親仍是沉默，她什麼也沒說，日日晚歸依舊。而蕭在老房，完成了她最後一次的巡禮：敞開主臥浴室的門，連通陽台日照，在母親的浴室拉上霧面玻璃，輕柔、緩慢的洗澡。

然後，蕭一身清淨地離開了故鄉。

收齊所有內褲以後，蕭拿起一件襯衫蓋在衣籃最上方，誰也看不出來裡頭藏有剛用洗衣機洗好的內褲。

抱著衣籃起身，蕭的雙手冰冷潮濕，她走入宿舍裡，天光不照的長廊。

有喪

北屯區的何老先生兩週前過世了，享年七十七歲，鄰里皆聞。認識的人們紛至靈前上香，有許多人在那之前從未踏入何宅，一進去就見到整面牆貼滿紅紙，見不到原先供在牆後的佛像。不懂禮俗的暗暗奇怪：喪禮上出現紅紙難道不是犯了忌諱？卻倒也不好問出口。

靈前何老先生的遺照笑得和煦，線香兩爐，環香放在左側，三尊木雕菩薩相供在上方，小型播放器傳出的誦經聲自靈堂架起後便從未斷過。南無阿彌陀佛，南無阿彌陀佛，節奏是這樣的：南無阿彌陀佛，「阿」連兩拍，「陀」再黏兩拍，誦的意思是介於唸唱之間。何老太太要子孫們沒事就跟著唸誦唱，迴向給何老先生，送爸爸（或爺爺）前往最好的地方——何老太太與她虔誠信佛的二女兒如此堅信。但年紀尚幼的幾位孫輩們，從喪禮的第三天開始，便對長輩們的信誠、播放器板滯的音韻，以及嗆鼻的線香味，失去耐心並且感到滑稽。他們私底下為大人跑腿時，「南哞啊啊啊啊啊咪咪咪咪豆佛喔喔喔」、「啊啊咪咪豆豆，佛！」這樣地，在便利商店裡模仿、竊笑，樂此不疲。

1.

早上十點滿七法會正式開始，出殯就在隔天。要知道現代人的喪禮再久不過兩週，原本按照禮俗治喪至少該滿七週。滿七意思是死亡的第七個禮拜，可是在這個時代，已經沒有人擁有足夠的時間揮霍給死亡，活著的人們必須想出辦法繼續活著才行。

於是何家的滿七辦在老先生死去的第十三天，上個月隔壁里的林家，半年前的李家和高家，也都是這樣子的（他們剛好選到同一間葬儀社，好巧）。法會的流程大抵是法師誦經、家屬跟唸、燒完金紙便算結束。在那之前，何家已經辦完頭七、三七，唸完地藏王菩薩本願經、佛說阿彌陀佛經，與其他種種。何家子孫們對於誦經法會都已略感恐懼或者慌亂，尤其是虔誠的何老太太——畢竟經中她不認得的生字太多，法師誦經全用台語，轉換不及使得她總要落於節拍之外。沒人發現吧？過程之中她只能不斷偷瞄著身旁的兒子媳婦。並且不斷地回想，整場儀式是否還有哪個環節不夠美善。

兩週以來，每晚都必須有人守夜，何老太太定下規矩：線香不能斷，緲緲縷縷的輕煙都是在世者向上界的祈願，大概。但線香煙味刺鼻，盛夏夜裡、冷氣房內，一室密閉中嗅起來全都是嗆人的願想，只求何老先生真在那未知的世界裡永遠平穩順遂。

前一晚負責守夜的是排行第三的孫女。

小老三在另一座城市讀書不到幾年，對家城的印象已經偶爾與新城重疊，畢竟一切建築所砌出的消費與速度大同小異，或者只是小老三活得太心不在焉。總之最近，在模糊敷衍的生活裡，她終於讓自己找到了個男朋友，世界稍微明亮有趣了起來，謝天謝地。

可惜的是愛情的快樂作用不了太久。此刻夜裡，靈堂裡的她滿腹懷疑，「他為什麼還不接我電話？」一重新把香點上的時候她用力地想，是不是和哪個女的搞在一起了。當然也有一小部分時候，她誠心檢討自己的不安全感、小題大作，至於其他大部分，她只在乎新男朋友對她的忠誠。

無論如何，守夜開始了。何三孫女拿出電腦點開當紅連續劇，在靈堂的一旁裹著棉被一集集往下看，好好看，她情緒激昂，太感人了吧。其實不能說她膚淺，有時候意義的蒼白即是意義本身，套式的反覆搬演使她忘記她的新男朋友仍然沒有任何消息。夜越來越深，劇中男女主角從相識到相怨，解開誤會後溫情擁抱親吻，孫女邊哭邊吃完了第二包洋芋片。全身肌肉因為縮在角落的椅子上而陣陣痠痛，劇中台詞的背後是激昂抒情女聲，至於孫女身後的，則是從未間斷的阿彌陀佛阿彌陀佛南無阿彌陀佛。

守夜隔天仍要誦唸。熬了一夜愛情的何三孫女在法會上有些精神不濟，幸好孫輩們的誦經座位排在最後，沒有長輩注意到她獨自打起瞌睡。法師站在靈壇前頭，身旁跟著兩位師姐，揮舞法器、敲打木魚與其他樂器。靈壇上的六道祭品由葬儀社事先準備，食物名稱分別可以對應到一些吉祥話，雖是古禮但並不避諱使用現代的語言，舉例來說的話，像是在入殮前，禮儀師將會拿起一碗菠菜貼近何老先生在冰櫃裡已經泛白了十幾日的嘴邊，率領眾子孫高喊：「請你吃青菜，保佑我們當總裁！」禮儀師喊完眾子孫們趕忙複述，他們集中精神高聲呼喊，不分男女老幼各個都當起了總裁。而當禮儀師舉起甜粿呼叫：「請你吃甜粿，未來甜蜜又富貴！」那個時刻裡何家人們團結的心似乎確實再甜蜜不過。

滿七法會上唯一有能力從容跟隨法師唸經的，是信佛吃齋多年的二女兒，在一些時刻裡，何二女兒甚至有能力不看經本，全憑記憶背誦經文——小自般若波羅蜜多心經，長至藥師琉璃光如來本願功德經。她對宗教的機緣由疾病開始，因為在三十七歲那年患上糖尿病。

太年輕了，怎麼會呢。每個人都這樣對她說。

是家裡有病史嗎？有的。何老先生亦是在三十多歲時被診出糖尿病，於是二女兒當時並不驚慌，她已經看父親對付這病對付一輩子了。

可隨之而來的，還有四十歲開始的腺體腫瘤、四十三歲開始的骨刺，以及諸多感官的逐漸失能。前後進過幾次醫院，為了摘除體內壞掉的什麼什麼連續躺了幾張病床，終於還是理解：所謂科學充其量不過只是信仰的另一種形式。於是她投身宗教，認得諸位菩薩名號遠多過診間裡四處流傳的醫學名詞。何二女兒慶幸她還有丈夫一路以來的溫柔陪伴，兩個兒子倒也乖巧懂事，分別考上南城北城裡的兩間頂尖大學、各自交了兩個伶俐巧人的女友。何老二樂於接待這些未來的媳婦，總是備好一道道素菜讓兒子帶回給女友。她告訴丈夫，在生命結束以前，要是還能抱上一抱孫子，便沒有遺憾了。

滿七法會於中午十二點整準時結束。前一天守夜的小老三被允許跳過午餐回房裡補眠，至於其他的人們，則負責把法會剩下來的素菜當作午餐吞食入腹。

素菜在盛夏的法會中，從早上曝曬至中午，吸納了眾人的祝福。真是好險素肉不易酸腐。紙盒中還有量少的泡油菠菜、木耳炒薑絲，以及水煮苦瓜。

尚且不知分寸的小輩們或許天真提出要求，「我想要吃披薩耶」，但是大人們只能夠恍若未聞地咀嚼再咀嚼。

即使食物聽經三個小時之後獲得祝福永不酸臭。何家年紀最小的孫子仍是趁著無人注意，皺起整張臉，把嘴裡的糖蓮藕吐了出來。何家向來家教甚嚴，吐食於地是絕不允許的，於是就算么孫只有七歲，也知道要用手接住自己吐出來的糖蓮藕。看著手掌，思考一陣，又把掌中飧再次放入口中。

沒人留意小小的么孫。五分鐘後的他帶著自己鼓起來的腮幫子，鑽進放置屍體冰櫃的長型帳篷裡，以手就口挖出一整嘴壞透的糖漬蓮藕，悄悄地塞在冰櫃最左邊、正對著何老先生左腳底板的角落之中。終於不負教養，懂事的他鬆了一口氣。

何家裡離么孫年齡最近的哥哥，也大上他至少一輪。這些表兄姊們說不上疼或不疼弟弟，他們給么孫一些糖、摸摸他的頭，對他說：「弟弟真的好乖喔，好乖好可愛。」然後離得遠遠的、過得遠遠的。何老先生過世以來，其實沒有誰真的對他解釋了什麼。

冰櫃裡裝著屍體，上有掛有布幕搭成帳篷，右邊一角以魔鬼氈做成可掀起的樣式，讓親人鄰里們隨時能夠探頭，觀看被凍在裡頭的何老先生。

早在喪禮第一天，么孫隨著父母回到外公家，就發現家裡擺設全不一樣。大人要他跪下、爬著進門、邊爬邊喊：「外公啊，外公啊，我回來了啦！」他的母親（何家么女）從靈前拿了兩炷香、拜了三拜、帶著么孫走入帳中，看看冰櫃裡的外公。

以么孫的身高來說，他必須攀住冰櫃邊緣，吃力地踮腳向前探，才能把冰櫃裡的人看得清楚。

「外公為什麼變得黑黑的？」他大聲提問，而他的母親，何家排行最小的女兒，緊張地看向何老太太的方向。老太太正坐在棚外，閉眼誦唸，眉頭悄悄皺了一皺。

「媽媽晚一點跟你說喔。」她把么孫從冰櫃邊緣扯下，帶出帳篷。

事後她告訴她的兒子，爺爺的靈魂去了另一個世界，不能再陪著我們了。么孫究竟明白了什麼，沒有人知道。他或許很快就會忘記了。此時母親的語言底下暗示出一種禁忌，混合著老宅裡不容說破的神祕氛圍，貼著冰櫃望去，何老先生泛白的嘴、發黑的面龐，以及失去弧度的軀體都特別靠近。沒有人知道，么孫是唯一看見結在何老先生髮上細霜的人。不過他或許也很快就要忘記了。

反正，目前是這樣，放有屍體冰櫃的長帳成為么孫這兩週以來最喜愛也最懼怕的處所。他時常獨自鑽入帳中，撫摸冰櫃邊緣的金屬突起，邊緣有一開關處，若是他有足夠的力氣翻開，便能打開裝有屍體的冰櫃了，他已經發黑的外公就躺在裡面。他不再踮腳，於是看不見何老先生的臉。么孫一邊回想那張臉，一邊用他小小的手碰觸著冰櫃開關，裡頭的冷氣一絲一絲地透了出來。

偶爾他也牽住某位表兄姊的手，仰頭詢問他們：「再陪我去看爺爺一次好不好？」他想再看一次，外公的臉。可惜他們總是拒絕他。兄姊們表情混雜了不耐、恐懼以及悲傷。每次每次的拒絕，都使么孫對冰櫃的迷戀再多上一點。

2.

第十三天是喪禮上行程最緊的一天，中午滿七法會結束後，下午還有一場為時四小時的藥懺法會，何家子孫各個戰戰競競戒慎緊張——上午的儀式已經使他們全身痠軟、泛起汗臭——但那才不過三小時。

喪中法會的景象乍看如此：人手一本經文，低頭祝禱、一片心誠。惟么孫一人戲耍穿梭在院中花園與會場座位之間，只要沒有干擾靈堂最前頭的法師，大抵不會遭人制止。他不知道，全家人或多或少都羨慕著他擁有離開現場的特權。而在排行第二的女婿注意到以前，么孫已悄悄地跑到他身邊，扯了下他的衣角、將左手展示至他眼前。

是一隻肥大、正奮力掙扎、米白色的毛蟲。

么孫對他咧嘴一笑：「你看，是蟲蟲。」他用氣音對著何二姨丈說，天真善良的模樣。

此時不知怎地，前端法師的音量突然大了起來：「揭諦，揭諦，波羅揭諦，波羅僧揭諦，菩提薩婆訶。」

木魚突響，么孫在二女婿眼前收緊拳頭，捏死了那隻蟲。

二女婿憶起前幾天夜裡，是他與他的妻，何二女兒，負責守夜。妻子的骨刺最近又疼了起來，晚飯後皺眉軟倒在靈堂角落的椅上，他在一旁給她按摩手臂，聽她叨唸自己的時間不多了等這場喪禮結束想再次招待兩個兒子的女友到家中坐坐。

他心想，人一旦過了中年便有種進退失據的處境。

妻子的身體狀況時好時壞，她全身虛胖，情況嚴重時，病臥在床看上去就像整塊鬆開的肉，肥大而蒼白。他又揣想，他們已經多少年沒有性生活了。

按摩緩緩進行，何二女婿捏搯著妻子，從肩膀到手臂，此時排行第三、第五與第七的孫女們一同從廚房出來，看見他們夫妻，便歡笑嚷嚷吆喝。

「阿姨姨丈你們的感情好好喔。」

「我以後要是有這樣一個老公就好了。」

「現在都找不到了啦，誰會每天幫你按摩。」

年輕女孩一身活力，言談吵鬧間有一種不自覺的肆無忌憚、嬌寵顢頇，何二女婿想，她們肯定不明白，她們現在擁有那麼多的時間，是多麼的幸運。

近日何家子孫們難得地都留宿於老宅之中。睡前，排行第七的孫女特別貼心地湊向何二女兒耳邊：「阿姨，你身體不好就不要守整個晚上了。晚點到我房裡一起睡吧。」坐在一邊的女婿聽著，也看著，姪女小老七現年十六，日頭曬過的面龐上有一雙大眼以及疏落的雀斑，削得短短的劉海在額邊輕輕晃晃。

妻子欣慰地握住了小七的手，「謝謝你啊，謝謝。」妻子又說：「果然女孩子家就是貼心，我沒生女兒真的好遺憾啊。」小七乖巧回應說兩位表哥明明也很體貼啊，隨後轉身趕上姊姊，爬上階梯，離開設有靈位與冰櫃的一樓，準備入睡。

何二女婿的妻子很快便倚著他的肩膀睡著了，響起不大不小的鼾聲。女婿用手機設定好了每四十分鐘一響的鬧鐘，提醒自己按時點上不能斷的線香，保持室內嗆鼻芬芳。夜越來越深，好幾次他被口袋裡的鈴聲驚醒，輕輕地將一旁的妻子推開，補完線香，再坐回角落。時間走得幽暗漫長，他百無聊賴地望著鐘擺，又打起瞌睡。

接著，排行第二的女婿做起一場美夢。

夢中有人，是女孩、或者女人，他能感受到自己慾望的膨脹緊繃如同她的肌膚緊實，好像他曾經碰觸、好像她從沒離開。何二女婿是那種，跟所有人都差不多平庸的那種人。領著不高不低的薪水，守著不知何時去世的妻子，反覆的日子裡，沒能發覺自己的渴望發芽，在每個明亮的日常與庸俗的睡眠之間，在這樣一個盛夏裡，渴望像是千辛萬苦捱過寒冬的細草，越長越高。總之，入夜以後，靈堂與儀式的意義在何二女婿的夢境之間安靜地暫停。這個男人穩定地邁步向上，推開沒鎖的房門、躺下、摟緊那女孩，或者女人。

靜默的告別與流動的秘密同時在這張床上發生。一旁的桌上，散落著高中課本與參考習題，以及一本突兀而惹眼的，康德《通靈者之夢》，一九八九年中譯版。窗外無光，他搓揉著女孩的手彷彿又是一次熟練不過的按摩，衣服底層的肚腩柔軟彈嫩、突起凹陷尤其可愛，黑暗之中他想像自己的手勢與她的形狀，終於終於，繞進了那裡。

是這樣的，已經有過許多人們嘗試書寫夢境與慾望，給予它們諸多定義，然而真要說起二者之間有些什麼共同的地方，便是一訴諸語言便即刻失真。在何家守喪期間的某個夜裡、少女小七的房間之中、第二位女婿在抓緊自己與姪女的那個當下，並沒有發覺自己的呼吸太過刺耳，亦沒能理解死亡的形式從來不止一種。他來來回回、前前後後，似乎在這樣高昂的夢境裡才終於，終於找回生命力道——青春的構成包含線條、肌理與救贖。快了、就快了。再來吧，再多來一點就好……真的就只差這麼一點，他便終將能夠照見五蘊皆空度一切苦厄。可惜的是，鬧鐘鈴聲在這一點到來以前響起。

四十分鐘到了。

何二女婿的夢驚醒於此，生怕鈴聲吵醒熟睡的小七，他急急忙忙整理自己離開房間，回到靈堂重新點上線香、任由熟睡的妻子倚了上肩膀。這場夢境收尾得太過突然，以至於他沒能發現，少女的清醒早早發生於鈴聲響起那一瞬間。

四小時的藥懺法會冗長悶熱，位於中部盆地的這座城市在今年夏天創下不知幾年以來的最高溫。葬儀社替何家架起的藍色塑膠棚從院子延伸到馬路，棚底眾人看來虔誠孝順：何二女婿捧著經本，一旁的妻子雙眼緊閉，口中唸唸有詞，汗水從髮際線出現、沿著前額的弧度滑至耳邊，他看著她鼻頭與頰間上的毛孔，心想：我們衰老的痕跡都太過明顯。

至於在喪禮現場徒手殺死毛蟲的么孫，他早已跑遠，再次興高采烈地溜進花園。

3.

下午五點四十分，時辰過，藥懺法會好不容易結束，眾人終於是鬆了一口氣。

回到室內，各個子孫癱坐靈堂四周，冷氣溫度開到最低，吹拂何家人們的一身汗酸臭。

此時葬儀社派來工人數位，由葬禮負責人指揮進到何家，跟老太太打了聲招呼，一群人便鑽進放有屍體冰櫃的方形長帳。他們要把老先生搬出冰櫃，流程就是這樣：屍體必須事前退冰，回溫以後才好趕在隔天的告別式前上完遺妝。

何老太太的神色慌忙，匆促之間，幾個小輩尚且搞不清楚狀況，遙遠聽見退冰退冰，以為大人們在討論晚餐，退冰會是肉食嗎，好久沒有吃到啊，他們不禁有點期待了起來。

十五分鐘不到，工人將空下的冰櫃推出何家，長帳依舊架在裡邊。么孫瞪著工人的背影，似乎有些驚慌；一小時後，他又覓得一個沒人注意的空檔、鑽進棚裡。長帳裡冰櫃已經不在。么孫一腳踩上自己幾小時前留下的那一口，壞臭了的糖蓮藕。被吐出的糖蓮藕因為工人拖曳冰櫃而被碾成扁平一條。時隔二週，么孫終於重新見到他的外公。此時老先生已經被拿出冰櫃，放置在一張鐵製長台上，僅僅以一條長布蓋在上邊，正在退冰。少了冰櫃，帳內的畫面有些凌亂，接案工人做事不夠仔細，沒注意到老先生發黑的右手沒被蓋住，無聲無息垂落布條之外。

么孫安靜地看著。他看了許久，終於在這十三天以來，第一次哭了起來。

但無論如何，頭七、三七、滿七、藥懺，何家人們都完成了。古禮需耗時七週的儀式在這十三天已經圓滿。何家人唸過無數記不得內容的經文，摺完十八瓣紙蓮花以及塞有金紙的紙元寶，每場法會把蓮花元寶燒掉，與時間賽跑那樣地，摺了又燒、燒了又摺。他們一天準備三頓素齋供於老先生的靈堂前，等著時辰一過便投擲兩只十元硬幣，詢問老先生是否已經用餐完畢能不能夠讓他們撤下餐食。硬幣落下，一正一反，是聖筊，太好了，爸爸已經吃完午飯啦！

這場喪禮是這般地了不起，它集結了何家散落在各地的子孫，使他們各司其職、有條不紊。親朋鄰里都這樣說：何老先生為人和善有禮，妻子賢慧，兒孫滿堂；能在睡夢中過世，這可是福氣啊。他果真有福報。親朋鄰里們說著說著，倒有些羨慕起來，流傳在話語裡的故事最是美滿。外人們花了一點時間，想像完關於何老先生的一生，隨手將告別式的日期記在行事曆中，最後帶著些許煩悶，回到屬於自己還沒結束的漫長生活。

至於何宅裡頭，這場喪禮只剩下最後一夜，這隨後即將到來的夜晚，是治喪兩週以來，最難得的一個空檔。不必再摺金紙或籌備法會了。他們紛紛抓緊時間用餐、梳洗、早睡，告別式將於明日早上六點整準時開始。

4.

凌晨五點四十分，集合的時候到了。

葬儀社負責何家案子的小組人員首先載著一整車必備用品抵達，他們雖然睡意難消卻隱隱有些期待，今天過後何家的案子正式結束，按照慣例，負責人會請所有工作人員好好地吃上一場慶功。

負責人是林先生，他首先與何家人接洽，一旁的張小姐則熟練地發下各個尺寸的黑袍給子孫，一邊對著何老太太大喊：「不用不用，何媽媽你不用拿，你是未亡人不能穿黑袍啊。」老太太於是訕訕地退開，反覆咀嚼著未亡人的意思，隱約感覺生疏尷尬，卻又說不上是哪邊出錯。領班小劉指揮著他的工人，在庭院裡排好九十張椅子、架起投影片布幕，在靈壇前排滿鮮花、水果，以及兩壇捻香粉。

壇後有一張特大張的等比例何老先生人形立牌，稍後大家必須對著立牌，按照親疏遠近，行叩首禮或鞠躬禮。兩旁的子孫們則一樣，或叩首或鞠躬地答禮回去。這張立牌是依照何家提供給葬儀社的照片放大印刷，上面的老先生戴有一頂米白色紳士帽。排行第六的孫子一邊套上黑袍一邊有感而發：「哇，爺爺好像在拍高爾夫球廣告。」其他人聽了，仰頭望向立牌，像是同意一樣地紛紛笑了。

被外派來的王阿姨，提著上妝用具沉默地走進何家，掀開長帳，準備化妝。這是一切正要開始與結束的一天。夏季清晨的氣溫涼爽宜人，會場上的一切都準備好了。

何老先生的最後一套衣服是何老太太好幾天前備好的：全新的棕色西裝，每個口袋裡都事先塞滿紙錢，再緊緊縫死。化好妝並穿戴整齊的老先生被放進了火化用的木製棺材，腳底空隙處放有紙蓮花，象徵踩著踏著步步升天；棺材下半處則被紙元寶淹滿遮蓋，沒人能夠看見他嶄新的西裝長褲，以及塞滿紙錢鼓起來的口袋。至於上身，雖然露出，周圍依舊是以紙元寶填實。照何老先生過去的節儉性子，想必將在極樂世界中不愁吃穿。

化好妝後準備離開的王阿姨，看到這樣的景象也忍不住感佩起何家子孫的孝心，這年頭裡用錢買蓮花元寶的人家也不在少數，據說這家人可全都是親手摺出來的，還真是難為了。阿彌陀佛阿彌陀佛，她想。一邊提起提袋，準備出發前往下一戶案主家中。

距離告別式正式開始只剩十分鐘，禮儀師召集了何老太太與眾子孫環繞於棺木周圍。指揮他們下跪、叩首、複述他口中的吉祥話。最後，禮儀師操起已成習慣的抒情口吻：「這是最後一面了，大家還有什麼想對往生者說的？現在，都可以在心裡對他傾訴，你們平常怎麼稱呼他，就怎麼喊他，心誠則靈，老先生都會聽到的。」

開始時，呼喚聲此起彼落，隨之而來的卻是質地厚重的沉默，幾位女兒孫女偶爾壓抑不住，發出壓抑的啜泣，因為她們貼心，生怕打擾到其他家人的心裡話。位於後排的少女小老七偷看著前方緊閉雙眼的何二女婿，懷疑此刻的他正在對老先生說些什麼；而么孫獨自睜大雙眼，穿著兒童尺寸的黑袍，環顧眾人與躺在前方的爺爺，此時何老先生臉面看來顏色均勻且泛有光澤。么孫眨了眨眼，不知道在想些什麼，他突然轉身又想跑進花園裡玩耍，但這一次，他母親緊緊地抓著他的肩膀，於是么孫只能站回原地、看向前方。

禮儀師充滿經驗地等待這個片刻過去。接下來他請老太太上前，以一貫感性地聲調，要她對離去的先生說一些話。周圍子孫圍繞成圓，環著棺木裡的何老先生與站在中央的何老太太。

何老太太看來略顯侷促。這兩週以來，她招待每一位到何宅上香致意的客人，對他們反覆訴說何老先生的生平故事，告訴他們她是如何發現丈夫過世，並且沉穩地答應眾人自己一定會堅強。

沒有人聽見她在那個早晨走進丈夫房裡時，是以怎樣的口吻叫喚丈夫。而如今的她站在棺材一旁，被子孫們包圍，尷尬地回頭詢問禮儀師：「我要講出聲音嗎？」

年輕禮儀師表情慈祥和藹充滿包容：「都可以、都可以，老太太您自在就好。」老太太誠惶誠恐地道謝，回過頭來，看著棺材裡的丈夫。

老先生與老太太的故事常常是兒孫們的佳話，排行第三的孫女尤其喜歡向新男友訴說，說她外公外婆是一見鍾情，雖是相親認識但初次見面便認定彼此，於是決定攜手，平淡扎實但甜蜜地走過了一生。

這是真的。全都是何老先生親口說出來的，小老三記得外公告訴她外婆曾是鎮上最美的女孩，還有當年他們夫妻二人一邊做著電器買賣，一邊撐起整個家，他們養活了兩個兒子四個女兒，兒子女兒又再生下兒子女兒。開枝散葉，這該是多麼老派的浪漫啊。小老三最渴望的愛情也不過是這般篤定而已，怎麼就這麼難呢？她站在後排，悄悄掀起黑袍、掏出牛仔褲裡的智慧型手機，在遠方城市的新男友仍然是無聲無息，說不定真的跟某個野女人搞在一起了。此刻她的外婆正欺身靠近棺木裡的外公，喃喃細語。描摹構築著他們的一生，何家排行第三位的孫女感慨萬千地哭了起來，禮儀師同情地看向她。而她想著，啊，愛情太美麗了。

正位於中心的何老太太，在眾人的注視之下也總算是想起，想起她與丈夫年輕時的片段故事。眾人都慶幸何老先生從未真的病臥在床，他的死亡來得如此優雅而輕巧，呼出最後一口氣便彷彿完成了一切過程。但衰老並非如此。

這些天以來，何老太太沒能向誰訴說自己的愧疚，事實是，她對丈夫，從很早開始，就失去耐性了。

即便不是因病過世，老先生也早已有疾。三十八歲那年他糖尿病發病。糖尿病在外婆那個年代就像現在的癌症一樣嚴重啊，老太太總是這樣向兒孫形容，我每個月帶著你們外公上北部，去大醫院檢查，幾年下來才終於控制住血糖。

她愛看孫輩們聆聽時欣羨仰慕的眼神，她在他們眼中找到令自己滿足的美滿生活。丈夫到底並非在醫院中久病離世，這想來正是慢性病的祝福與詛咒：得病的那刻開始，就算永遠好不了，反正也還死不掉。

長年以來，丈夫的併發症從沒少過。她年輕時確實曾是鎮裡最美的女孩，終其一生過得矜持委婉，作為妻子與母親，她堅持不懈地維持自己的生活就像那首兒歌：「我的家庭真可愛，整潔美滿又安康，姐妹兄弟很和氣，父母都慈祥。」男主外、女主內，她為丈夫打造了一個完美的家，並仰賴他使她過完踏實豐足的一生。愛一個人的理由可以有許多，在這整個家庭實踐的過程中，他們向來合作無間。

她從沒想過生命有天竟然絆了自己一腳。

事情彷彿從她與丈夫分房那時開始，他不再有能力與自己睡在一起。都該是三、四十年前的事了。當時，他尚未起皺的手指撫過她仍然挺實的身軀，兩人同時喘息，感覺總是很好。他拿取她的方式就像他這個人本身：厚實柔軟，溫熱有氣；而她愛極扮演他身旁或身下的女人，每當被觸碰到某些部位，如肩胛背脊、或如大腿內側時，往往無法止住嘆息。第一個女兒在婚後九個月半出生，當時婆家媳婦間流傳一些狎昵卻無傷的調笑。呦這可是洞房那天就懷上的呀。而她只是含羞帶笑，哄抱著接連出世的嬰孩。

孩子一一長大、生意風生水起。可伴隨著病症勃發怒長，她的丈夫於某時某處悄然萎下。

於是夜裡，他自她身上離去。

「我沒有辦法。」他安靜地說、而她安靜地聽。

並不是沒有試過其他方法的，例如她燉起雞湯，其中加入枸杞山藥與從藥材行配來的秘方；又如餵他飲下補酒。甚至某次北上，她暗暗支開丈夫、拉下臉面，吞吐嗑巴地詢問醫生。事過境遷數十年，要是那一刻還有誰能記得的話，醫生當時該是這樣回答的：「原因有很多種啦，生心理都有可能。重度糖尿病對微血管、神經系統還有內生殖內分泌都有很大的損害。你要理解，糖尿病的意思就是說長期以來血糖高居不下，所以像雄性激素的濃度也一定跟正常人不一樣，那出現勃起功能障礙，或者性慾減少都是很常見的症狀。但重點還是在控制飲食，盡量讓血糖維持在正常的範圍，未來要恢復正常性生活也不是不可能。好嗎？」

後來老先生的病情逐漸穩定，新藥逐漸推出，鬆懈過後，老太太只能依稀記得那位醫生身形微胖，較為深刻的部分，則是他故作理解地拍了拍她的肩，隨口要她別太擔心、婚姻當中還有很多重要的部分，家庭以和樂為重，記得下樓領藥。

最後，她以他打呼聲太大影響睡眠為由，要求分房，他沒有多問便答應了。從此丈夫獨自睡進客房，在未來數十年間，他歷經腎功能衰弱、白內障手術、膝關節退化，何老太太熟練地陪伴著丈夫進出醫院，一直到兩週前的祥和早晨。老太太從主臥中醒來，如常盥洗，下樓準備用早餐，才在太過安靜的一樓裡發現，自己的丈夫，在自己家中客房的床上離開人世。

「何媽媽，好了嗎？告別式差不多要開始囉。」

「啊啊不好意思，再一下就好。」老太太收拾精神，回憶冗長，她還沒真的告訴丈夫什麼離別的話。然而，她卻也並不是非常確定，現在的他究竟是怎樣的型態、或者到底身處何方。

「你聽得到嗎？」老太太緊張地想了想，不管怎麼說，他們確實攜手打造了一個美滿宏大的家族——除了早已離婚的大女兒，老太太忽然有幾分羞恥地憶起，其實也不是那麼美滿。但大抵說來，還是很不錯了。

她在心中喃喃唸起：「けんちゃん——」けんちゃん是老先生的日文名字，從來就只有她這樣地喊他。

「我是你的太太啦，」然而老太太停頓了一下，不太確定在最後該如何稱呼自己，她沒有日文名字，但他應該也沒有其他太太，算了。

「……你要記好，現在開始，你不要太掛念人世間的一切，要好好跟著佛祖修行。」但其實，何老太太又停了下來，所謂修行，具體是在佛祖身旁做些什麼？在她的腦海中，難以構築出丈夫在巨大而金黃的佛祖底下進行勞作的畫面，於是不禁擔心，自己這般弱氣的叮囑，該要如何作為丈夫在未知旅程中的指引。老太太越發感到慌亂，告別式就要開始。

「……你千萬不要擔心家裡，小孩都已經開枝散葉，孫子孫女也都很乖，都知道要互相照顧。這次的喪禮我們給你辦得風風光光，就是為了讓你好好上路。你千萬不要擔心。」棺木裡的丈夫看上去安詳平穩，老太太又突然不平了起來，這些天來，她總是一個人獨自提心吊膽的。

質問猛地從心底冒出：「你會擔心嗎？」卻又嚇著了自己，這已是最後的話語了，她得心誠，得好好送走丈夫才行。他們畢竟，是相愛了一輩子。

「けんちゃん，」她不是很確定地：「有了這樣的家，你應該很幸福吧？」她棺木中的丈夫，穿著她挑選的西裝襯衫。

「兒子媳婦、女兒女婿、孫子孫女，大家都來送你走。我也送著你走。」丈夫向來節省，但年輕時卻經常留錢讓她上百貨公司買東西，化妝品、衣服、飾品，她心底歡喜，總覺得丈夫疼她。某次她特地為他挑了條領帶，丈夫卻發起脾氣，說她浪費。至今她還能輕易地憶起自己的委屈，整理遺物時，兒女們發現父親的許多衣服從沒剪過吊牌、拆過包裝，她真恨這樣。

在最開始，丈夫只是不多花錢，然而在一天做完生意後，他會牽起她的手，散步到隔壁街口的夜市。他們會一起吃上許多宵夜。當時的海鮮粥一碗一塊半，他總吃那個，再塞給她兩塊，讓她到隔壁店家買杯木瓜牛奶，或者大份的臭豆腐，要辣要加泡菜。買回來後兩個人分著吃，吃完結帳，放下免洗餐具，他們一樣牽手，慢慢踏過街口燈下，回到安靜的家。

然後，在生活被一切醫療數字控制後，就沒有然後了。

客房裡，老先生獨自整理自己的醫療帳單，記錄下數字後張張疊好，收進櫃子。所有剩餘的錢，都不讓妻子花在自己身上。時間過去，老先生省著省著倒也積成習慣，於是兒子女兒每逢節慶送來禮物，其中不乏全新衣物、生活用品，也一概給收進客房的櫃子，就像那些帳單。

老太太看著丈夫身上的襯衫，整齊、嶄新，並且昂貴。不知道要怎麼辦。

「けんちゃん，好好走吧。」

她回頭，對禮儀師抱歉地笑笑：「好了好了，謝謝你啊。」年輕的禮儀師說不會不會何媽媽你太客氣了，然後指揮眾人走到戶外會場，告別式終於開始。

5.

告別式一如何老太太預期的風光舉行，九十張座位全數坐滿。除了何老先生的親朋好友，市中各個議員亦紛紛派出助理前往致意，客人行禮完家屬一律答禮，老太太坐在最前排，無論進行的流程是祭文朗誦、行禮、答禮，她皆是挺直腰桿，謝過慰問她的每一個人。

行過禮後客人離開，棺木與牌位都被移至會場中央，進行封棺。封棺者依家族輩分選出，最後敲定由何老先生的堂弟的長子擔任，這年輕人看來不過二十出頭，各家族之間互動已經稀薄，於是何老先生的孫輩們看著他皆感到面生疑惑，不確定現在拿著上了亮金漆斧頭的矮個子少年是不是葬儀社人員，怎麼動作笨拙緩慢未免也太不專業。

除了老太太，眾人坐上葬儀社事先租來的中型遊覽車，三十四人浩浩蕩蕩前往火化場。么孫上車時發覺車上設有電視，得意地搖了搖第四位孫子的手，告訴他：「他們等一下會用電視放卡通喔，我上次戶外教學的時候就知道。」第四位孫子沒有反駁，他冷淡地點了點頭，坐定位置後便感到昏昏欲睡，五點起床真的太早了。

火化場中還有其他家人，每群人的衣著都很類似，象徵儀式的物品卻略有差異。每一座火葬口前都標有數字，領頭的負責人林先生跟現場工作人員確認過後對一群何家人高喊：「二號，我們是二號，大家跟緊、跟我來。」像是一位領隊正在告訴出國的遊客如何登機。

何家長子捧著牌位一路緊跟著熟門熟路的林先生，一旁的二男長女二女三女么女拿有柳枝竹絲等長狀物，揮舞著走動，後段的孫輩們則是迷迷糊糊亦步亦趨，穿越各式人潮終於抵達了火葬口。入葬之前又要跪下叩首，又要高喊吉祥話。然而一號五號七號火葬口前的人們語音此起彼落，何家的人們有些難以辨認林先生究竟要他們複述些什麼。總之他們趴地開口，任由自己的聲音與其他陌生家族的祭禱混合交融，直到被要求起身，又是一干子人排隊登上了原先那台中型遊覽車。車上始終沒有播放么孫期待的卡通。

回到何宅，將喪禮現場復原是另外一大工程。他們手忙腳亂拆下紅紙，搬回家具，打掃庭院。今天已是週日，隔天眾人還要上班上課。兩週以來，能請的假早就請光了。

打掃庭院的是第六位孫子與第七位孫女，少年小六與少女小七年紀相仿，向來是比其他兄弟姐妹要再更緊密些。小六注意到小七近日的沉鬱，抬頭望向院中的棗樹，思索一陣後決定告訴她：「欸欸，你有注意到，最近外婆家裡來了一隻白頭翁嗎？」他指向棗樹，小七抬頭，梢間有白頭小鳥張翅輕躍。

小六神秘地說：「我覺得那是爺爺。」他略帶安慰的聲腔：「我覺得，爺爺不是真的離開我們，他會一直陪著我們、看著我們。」小七依舊無語。她將落葉與會場遺留的垃圾掃進畚箕。小六是排行第二的女兒與女婿的小兒子，他一向感性，甚至偷偷地將外公穿到磨損的運動外套留了起來，小六的女友溫柔可愛，相當受到小六的父母，何家排行第二的女兒與女婿的待見。

在大屋內，么孫拉住第三位孫女的手：「姊姊，我們去花園玩。」第三位孫女截止目前為止，還是沒能收到在另外一座城裡的男友的消息。

她答覆么孫：「不行，現在大家很忙，沒有空。」

「為什麼嘛，為什麼嘛。」么孫繼續扯著她的手。

「因為我們現在送走了外公，要收拾家裡啊。」

「收拾完家裡，就可以去花園玩了嗎？」

「當然可以。」

第三位孫女起身，再次從口袋中拿出手機看了一眼，沒有通知，她繼續擦拭餐桌。

么孫乖巧地坐在一旁的板凳上，看著人們拿著掃把抹布拖把畚箕，來來去去忙進忙出。此時的他已經忘記，對面的圓型餐桌此刻所放置的位置，曾經擺放著過去兩週他最迷戀的屍體冰櫃與方型長帳。

任由周圍話語起落、人們隨意進出，么孫只是坐著、望著，並且期待——現在已經送走了外公，接下來只要收拾完家裡，就可以去花園遊玩了。

後記

在碩士班第一年的尾聲，我跌跌撞撞寫出第一篇嚴格意義上的學術論文，投稿研討會並通過審查，準備發表。在會議當日早晨，接到了妹妹的電話。

她當時的說法是：「爺爺，沒有了。」

我說：「沒有了？」

她說：「對。」

我說：「我發表完就回去。」

她說：「好。」

會議結束我回到家中，喪禮已經完成佈置。印象中，棺木周圍似乎有著不能哭泣還是不能大聲哭泣之類的習俗，但我相當清醒地忽視此事——自顧自地在爺爺身畔坐下、自顧自地哭泣。在眼淚停止前，拒絕每個前來安慰或者勸阻之人。

家人拿我沒轍，最後都放任我了。唯獨一位仍堅持走向我的人，是家中最年幼的表弟。小小的表弟站立我的面前，雙手搭上我的膝蓋，仰頭望我。他也許說了一些童稚話語，我現在已經想不起；但無法忘去的是，對於要向他解釋我的哭泣，不知怎麼感覺非常羞赧。

於書寫後記的此刻，這樣的羞赧竟然不倫不類地再次湧現。實在很困難於說明。若真要解釋，我想大概是因為自己太過彆扭。這種彆扭是，在眾人面前無視禮節地哭泣沒有關係；但告訴不滿六歲的表弟我為何傷心，便太過艱澀。

隨後，喪期開始。全家共同參與每道儀式，唯獨表弟因年幼而例外。他被允許離開座位，穿梭於人或物間、四處嬉耍。此時的我回想當時情境、當時的自己——那個站在長輩身後，抬頭看見遠方表弟的自己。此時的我想：如果小說能夠看見我，大概就像那樣。

我與小說的起始，用最通俗的說法大概只是，小說應允了我的彆扭，放任我以抒情。悲傷或者困惑、寂寞以及無法訴說，無論規模，在小說的世界裡通通成為玩具一種。

從爺爺的死亡談起，因為此事階段性的標誌了小說與我的關係，在整理書稿時，我有意識地只選擇自己在那之後寫成的作品。

我不早慧，即使開始寫作已經一段時間，但開始思索小說，大抵是在爺爺沒有了之後。那不是我首次面對死亡，卻是第一次，周遭一切都變得太過於讓人困惑。

於是這份書稿決定以「遊樂場所」為名。

它召喚我以恐怖電影中被使用得過於頻繁以致俗爛的樂園意象，諸如斑駁棄置的旋轉木馬、鬼屋成真、咖啡杯中萬物飛散、摩天輪自高空垂直墜落。那是時間對空間的棄置，它們俗爛卻從不失效，如果用余華的話來理解，這都是最使人感覺親切而不安之事。

親切而不安，如同真實且虛構、朦朧卻清晰，如同小說與我。

我想說的大概是，小說作為場所，它永遠無法使我隱匿自身，卻已經足夠使我安全、使問題綿延成為自身的問題，甚至成為問題自身。當關係的端點錯接之時，故事開始。

走筆至此，似乎還是必須回到更關切自身的人事。這本小說集的完成仰仗了許多人。我的父母（雅淳、致遠）、我的奶奶（秀鳳）、我的妹妹（家同），以及我已過世的爺爺（宗獻），他們各自用著自己最擅長的方式，對膽小的我溫柔、疼愛與包容。

小魚陪我成長，陪我焦慮，陪我說話。

柏言為我示範如何磨礪自己的寫作、博元從初始便與我一齊寫作，夥伴還有信維、筱涵、敦智、立亭、渝華、紋萱、觀傑、瓅心與寫作會中每位與我對話之人。

編輯瓊如細心且耐心地回答我每個無聊問題。

以及，如果後記的要求是必須老實且窘迫地自我揭露，我還想再分享一件關於自己最深切的事，那是：這幾年來，無論如何疑惑，我已學會不再質疑時間。因為與我相愛多年的情人使我不畏懼於詮釋過去、感受此刻，碰觸所有將來而未來之事。即使他終究是離開，我仍從自己寫下的文字裡，清楚讀出他的手跡。

我對一切由衷感謝。

世界傾斜晃盪、時間滑過陡坡，對於每位願意閱讀我的人，但願我們於此一齊遊樂。

二〇二一・十一，寫於深秋
二〇二二・〇二，改於初春

國家圖書館出版品預行編目

遊樂場所 / 林文心著 . -- 初版 . -- 新北市 : 木馬文化事業股份有限公司出版 : 遠足文化事業股份有限公司發行 , 2022.03
面 ;14.8x21 公分
ISBN 978-626-314-131-5（平裝）

863.57 111001472

遊樂場所

作者 林文心
社長 陳蕙慧
副總編輯 陳瓊如
行銷企劃 陳雅雯、尹子麟、余一霞、汪佳穎
校對 鄭博元、魏秋綢
封面設計 朱疋
排版 宸遠彩藝

讀書共和國集團社長 郭重興
發行人兼出版總監 曾大福
出版 木馬文化事業股份有限公司
發行 遠足文化事業股份有限公司
地址 231 新北市新店區民權路 108-2 號 9 樓
電話 (02) 2218-1417
傳真 (02) 2218-0727
信箱 service@bookrep.com.tw
郵撥帳號 19588272 木馬文化事業股份有限公司
客服專線 0800-221-029
法律顧問 華洋國際專利商標事務所 蘇文生律師
印刷 呈靖印刷股份有限公司

初版一刷 2022 年 03 月 09 日

定價 新台幣 380 元

ISBN 9786263141315（紙本）
9786263141377（EPUB）
9786263141384（PDF）